Rover

... und 14 weitere Kindergeschichten
zum Selberlesen und Vorlesen

Sarah Brubacher

Samenkorn

Sarah Brubacher

Rover … und 14 weitere Kindergeschichten zum Selberlesen und Vorlesen

1. Auflage 2012

Übersetzung: Naemi Fast
Illustrationen: Irina Schulz
Satz und Umschlaggestaltung: Samenkorn e.V.
Druck und Bindung: CPI books, Ulm
ISBN: 978-3-86203-080-4

Geschichtenverzeichnis

Vorwort

Ich möchte meiner Familie und meinen Freunden danken, die mir durch ihre Hilfe die Herausgabe dieses Buches ermöglicht haben. Dass mein erster Geschichtenband (deutscher Titel: „Peters Versprechen“) von vielen Menschen gerne gelesen wurde, hat mich dazu ermutigt, einen zweiten Band zu schreiben.

Es ist mein Gebet, dass diese Geschichten zum Segen für viele sein könnten. Kinder haben einen ganz besonderen Platz in meinem Herzen!

Dieses Buch widme ich dem Andenken an meinen geliebten Vater Amon Brubacher, dessen lebhaftes Interesse an diesem Buch mich ermutigte. Die Stunden, die wir gemeinsam mit der Arbeit an diesem Projekt verbrachten, während er sich von einem schweren Herzinfarkt erholte, waren für mich sehr wertvoll. Er hat die Fertigstellung des Buches nicht erlebt, weil der Herr ihn am 8. Juni 1995 nach einem weiteren Herzinfarkt zu sich gerufen hat.

Die Autorin

Liebe Leser

Vielleicht kennt ihr das Buch „Peters Versprechen“ von Sarah Brubacher. Vor euch liegt nun ein weiteres Buch mit Geschichten von derselben Autorin. Sarah Brubacher ist in einer amischen Familie mit acht Kindern aufgewachsen. Als sie drei Jahre alt war, bekam sie Gelenkrheumatismus. Durch diese Krankheit wurden ihre Gelenke allmählich immer unbeweglicher, bis sie schließlich ganz gelähmt war und völlig auf fremde Hilfe angewiesen war. Oft war sie sehr traurig, weil sie sich so nutzlos fühlte. Doch Gott hatte ihr die Gabe gegeben, Geschichten zu erzählen, und hatte damit gleichzeitig auch eine Aufgabe für sie bereit. Sarah fing an, kurze Geschichten zu schreiben, die in verschiedenen Zeitschriften herausgegeben wurden. Den Lesern gefielen die Geschichten gut. Mit 36 Jahren gab Sarah ihr erstes Geschichtenbuch heraus. Zu diesem Zeitpunkt war sie bereits völlig gelähmt und konnte ihre Hand nicht einmal wenige Zentimeter ausstrecken, um sich die Augen zu reiben, oder etwas von ihrem Schoß aufzuheben. Aber sie hatte freundliche Menschen um sich, die ihr gerne halfen. So konnte sie später noch weitere Geschichten- und Malbücher herausgeben.

Sarahs erstes Geschichtenbuch ist in deutscher Sprache unter dem Titel „Peters Versprechen“ in der Reihe „Aus der Geschichtenkiste“ erschienen. Während wir an diesem Buch arbeiteten, bekamen wir die Nachricht, dass Sarah mit 55 Jahren am 23. Dezember 2008 heimgegangen ist. Ihre Schwester Selina hat sich sehr über die deutsche Übersetzung von Sarahs Geschichten gefreut und uns den zweiten Band zugeschickt, den wir hier nun in deutscher Übersetzung vorliegen haben.

Die Übersetzerin

Noahs Tauben

Die Yoders saßen gerade beim Abendessen.

„Kann ich bitte das Brot haben?“, wandte sich Papa an Noah.

Noah war gerade zwölf geworden. Er war der Älteste in der Familie. Nachdem er Papa das Brot gereicht hatte, nahm er sich selbst ein Würstchen.

„Ruben, hast du gesehen, was wir heute mit der Post bekommen haben? Da war ein Scheck drin“, sagte Noah.

Der zehnjährige Ruben sah überrascht auf. „Nein, für wieviel denn?“, fragte er, während er sich die Butter aufs Brot strich.

„Du weißt doch, das ist wegen den Tauben, die wir bei James gefangen haben. Da haben wir `nen guten Preis bekommen“, erklärte Noah eifrig.

Ruben strahlte. Baby Susi lachte.

„Aha, Susi, findest du das lustig?“, fragte Ruben.

Vater räusperte sich und sagte: „Ja, das habt ihr gut gemacht mit diesen Tauben. Dafür kriegt man einen guten Preis. Du wirst das Geld doch mit deinem Cousin James teilen, oder?“

„Na klar! Wir bringen das Geld zur Bank, so wie du gesagt hast.“ Noah war so aufgeregt, dass er nicht mehr still sitzen konnte. „Wir werden aber noch weiter machen. Wir haben mit James in seiner Scheune die Tauben gefangen und jetzt kommt James zu uns und dann fangen wir die Tauben in unserer Scheune. Und dann verkaufen wir die wieder."

„Darf ich euch auch helfen?", fragte Ruben.

„Wenn du willst", antwortete Noah. „Aber dann musst du dich anstrengen. Letztes Mal bist du zu schnell müde geworden und hast schlappgemacht." Noah spießte die Kartoffeln im selben Tempo auf seine Gabel, wie er redete. „Papa, wir zählen wirklich auf diese Tauben! Was glaubst du, wann wir noch weitere fangen können?"

Vater kratzte sich am Kopf. „Ihr könntet es nächste Woche machen. Aber denkt daran, wenn ihr die Tauben in der Scheune fangt, dann nehmt niemals alle. Lasst immer einige übrig, damit sie dort nicht völlig ausgerottet werden."

Das sah Noah wirklich ein. Er schaute seinen Vater respektvoll an. Mutter versuchte, die kleinen Mädchen zu beruhigen, die sich gerade zankten.

Bald waren alle mit dem Essen fertig. Mutter sagte: „Heute abends soll Noah beim Geschirrwaschen helfen. Er ist dran. Morgen ist Ruben wieder an der Reihe."

Noah konnte es schon gar nicht erwarten, dass die kleinen Mädchen alt genug waren, um Mutter zu helfen.

Während Noah das Geschirr abtrocknete, sprach er immer noch davon, wie viel Spaß es machte, die Tauben zu fangen.

„Mama, ich muss James unbedingt gleich davon erzählen, wieviel wir für die Tauben bekommen haben. Was bin ich froh, dass wir noch so viele Tauben haben", sinnierte er weiter.

Mutter räusperte sich: „Schön, dass Papa euch beibringt, Geld zu sparen."

„Darf ich jetzt in die Scheune gehen?", fragte Noah.

„Ja, du darfst. Vater hat gesagt, er wird die Kühe heute melken, weil ich einen sehr anstrengenden Tag hatte. Aber vergiss nicht, die Kälber zu versorgen!", mahnte Mutter. „Danke für's Helfen."

„Klar, Mama, ich denk an die Kälber." Noah schnappte sich seinen Strohhut vom Hacken. Er rannte nach draußen und ließ die Tür hinter sich zuschlagen. Wenn er sich beeilte, konnte er vielleicht noch heute abends zu James rübergehen und ihm von den Tauben erzählen. James war älter und kannte so gut wie alle Tricks um Tauben zu fangen.

Noah holte zwei Eimer aus dem Milchschuppen. Sie standen da und warteten darauf, dass er sie zu den Kälbern brachte.

Er ging zu dem Kälbergehege. Spot steckte seine große Nase heraus, während Happy schon seine Milch trank. Noah versetzte Spot einen Klaps auf die Nase. „Die sind schon lustig, die beiden", dachte er. In dem Augenblick hörte er, wie die Scheunentür auf- und dann wieder zugemacht wurde. „Wer kann das sein?", überlegte er.

Noah gab gerade Spot seine Milch, als drei Jungs den Stallgang herauf kamen. „Wo ist dein Vater?", fragte der größte von ihnen.

„Er ist da hinten und füttert die Schweine", erklärte Noah und zeigte auf den hinteren Teil des Stalls.

Die drei Jungen marschierten an Noah vorbei nach hinten zu seinem Vater. Noah wurde sehr neugierig. Er beschloss, etwas näher zu gehen. Vielleicht konnte er wenigstens ein paar Worte hören, um zu wissen, was die Jungs wollten. Noah schlich sich so leise er konnte heran.

Gerade als er in Hörweite war, hörte er einen der Jungen stammeln. „Äh … wir dachten, wir sollten Ihnen lieber sagen, dass wir Ihre Tauben letzte Nacht gefangen haben. Es war schon zwölf Uhr nachts … Mitternacht. Wir dachten, dass wir Sie lieber nicht wecken sollten, um Sie zu fragen, ob wir sie fangen dürfen. Aber wir hätten lieber warten sollen und sie ein anderes Mal fangen, nachdem wir zuerst gefragt haben."

Der größere Junge sagte: „Wir haben nicht viel drüber nachgedacht. Es tut uns leid."

Noah hatte genug gehört. Er eilte zurück und machte weiter mit dem Kälberfüttern. Innerlich kochte er vor Wut. „Diese großen Jungen sind einfach hingegangen und haben unsere Tauben gefangen! Sie haben uns noch nicht einmal gefragt, ob sie das dürfen. Im Nachhinein kann man dann natürlich kommen und sagen, dass man die Tauben schon gefangen hat", wetterte er.

Bald gingen die drei Jungen wieder weg. Noah rannte sofort zu seinem Vater.

„Diese Jungen sind Diebe. Sie haben unsere Tauben weggenommen! James, Ruben und ich wollten sie fangen."

„Pass auf, Noah", sagte Vater ruhig.

Aber Noah war mit dem Reden noch nicht fertig. „Diese Jungen hatten in unserer Scheune nichts zu suchen. James, Ruben und ich gehen dann gleich rüber zu ihnen und fangen jede einzelne Taube bei ihnen, die wir finden können."

„Ich verstehe deine Enttäuschung", sagte Vater mitfühlend. „Aber bevor du dich rächst, halte einmal inne und denk ein bisschen nach. Du findest es nicht richtig, dass sie einfach gekommen sind, und unsere Tauben gefangen haben, oder?"

„Nein, das war nicht richtig!", antwortete Noah mit Nachdruck.

„Warum sollte es dann richtig sein, wenn du bei ihnen dasselbe machst?", fragte Vater.

„Es würde ihnen recht geschehen", sagte Noah, obwohl er wusste, dass sein Vater ihm nicht erlauben würde, das zu machen. „Sie verdienen es nicht, noch eine einzige Taube in ihrem Leben zu fangen."

„Noah!", sagte Vater. „Jetzt wird's aber langsam Zeit, dass du einen Punkt machst. Ich weiß, dass diese Jungen erst hätten fragen sollen, bevor sie die Tauben gefangen hätten. Aber die Tauben sind jetzt nun einmal weg. Wir können nichts mehr tun, außer ihnen vergeben, genauso wie Gott uns vergibt und uns weiter liebt, auch wenn wir das nicht verdienen."

Noah war immer noch sehr enttäuscht, aber er sagte nichts mehr. Er dachte an die vielen Male, wo er Dinge getan hatte, die andere ihm vergeben mussten.

„Ich bin froh, dass diese Jungen gekommen sind, um sich zu entschuldigen", sagte Vater. „Ich bin froh, dass sie eingesehen haben, was sie falsch gemacht haben und ge-

kommen sind, um es in Ordnung zu bringen. Manchmal ist es nicht leicht, denen zu vergeben, die uns Unrecht getan haben, aber wir müssen das. Die Bibel sagt uns ganz klar, dass wir die lieben sollen, die uns Unrecht tun. Wir sollen das auch dann tun, wenn sie nicht kommen und sagen, dass es ihnen leid tut. Aber wenn diejenigen dann auch noch kommen und um Vergebung bitten, dann muss es uns doch leicht fallen, ihnen zu vergeben."

„Glaubst ... glaubst du, dass sie viele gefangen haben?", fragte Noah.

„Lass uns nachschauen", sagte Papa.

Langsam folgte Noah seinem Vater auf den Scheunenboden hinauf. Hier herrschte Totenstille. Kein weiches Gurren kam von den Dachbalken und keine Tauben flatterten umher. „Keine einzige Taube in Sicht", rief Noah. „Sie haben sie ALLE gefangen!"

Vater stand eine Weile ganz ruhig da. Dann wischte er sich den Schweiß von der Stirn. „Wir müssen Gott bitten, dass Er uns hilft, den Jungen zu vergeben", sagte er.

Noah bemerkte, dass sein Vater nur mit Mühe sprach. „Als sie um Vergebung baten, wollte ich sie schon fragen, warum sie die Tauben nicht zurückbringen, wenn es ihnen so leid tut, oder falls sie die schon verkauft haben, warum sie uns das Geld nicht geben. Aber ich habe es nicht gesagt. Du kannst zwei Dinge daraus lernen. Weil wir wissen, wie schlimm es ist, wenn man so hintergangen wird, bemühe dich, niemals andere Leute so zu behandeln, wie diese Jungen uns behandelt haben. Und wenn du gehst, um etwas gutzumachen, dann denk daran, dass deinen Worten auch Taten folgen müssen."

Noah fühlte sich schon etwas besser, aber er war immer noch sehr enttäuscht. Er sah ein, dass es richtig war, was sein Vater sagte. „Ich glaube, ich werde mir das merken, bis ich ein erwachsener Mann bin", dachte er. „Und ich hoffe, ich werde immer daran denken, dass ich so etwas niemals jemand anderem antue."

Ertragt einander und vergebt einander, wenn einer gegen den anderen zu klagen hat.

Kolosser 3,13

Danke für den Haferbrei

Susanne sah missmutig auf ihren Teller mit Haferbrei. Sie wünschte, sie könnten jeden Morgen Eier zum Frühstück essen, wie ihre Cousine Alma.

„Mama, warum gibt's bei uns keine Eier?", fragte sie.

Vater sah auf und erklärte: „Da wir keine Hühner haben, können wir nicht jeden Morgen Eier essen. Wir können es uns nicht leisten, so oft welche zu kaufen. Haferbrei ist auch gut. Jetzt iss bitte schön deinen Teller leer."

Mutter steckte einen Löffel Haferbrei in Klein-Claras Mund. Sie sagte: „Wir können dankbar sein, dass wir etwas zu essen haben. Jetzt bemüh dich doch mal, deinen Brüdern und Schwestern ein gutes Vorbild zu sein."

Susanne aß ihren Brei ohne ein weiteres Wort zu sagen. Sie wusste, dass die anderen Kinder sie beobachteten, jeder von seinem Platz am Tisch aus. „Ich hasse es, die Älteste zu sein", dachte Susanne. „Ich wünschte, wir hätten leckeres Essen." Bei ihnen gab es ganz selten Eis, längst nicht so oft, wie sie es gerne hätte. Außerdem musste sie Mais und Nudeln essen, was sie überhaupt nicht mochte. Vater sagte immer, dass sie es schon bald lernen würde, das zu mögen.

Nach dem Frühstück sagte Mutter: „Susanne, du räumst heute das Geschirr auf. Betty kann dir helfen. Heute haben wir viel zu tun, das Gemüse muss eingemacht werden."

Susanne sagte: „Ich mag es nicht, wenn wir so viel helfen müssen. Alles, was wir tun, ist immer nur Essen für den Winter einmachen. Es würde viel mehr Spaß machen, mit dir Puppenkleider zu nähen."

Mama hob Clara aus ihrem Baby-Stühlchen. „Ich weiß, dass jetzt gerade eine stressige Zeit ist, aber wir sollten Gott wirklich danken, dass wir genug zu Essen haben. Auf der Welt gibt es auch Kinder, die verhungern." Mutter wusch Clara das Gesicht ab. „Im Winter werde ich mehr Zeit haben, dir beim Nähen zu helfen."

„Dann werde ich aber nicht so viel Zeit haben, weil ich dann zur Schule muss", maulte Susanne.

Dann hörte sie, wie der siebenjährige Daniel seinem kleinen Bruder David zuflüsterte: „Ich wünschte, ich müsste Papa nicht mit den Schweinen helfen. Es macht keinen Spaß zu arbeiten."

Und David echote: „Kein Spaß zu arbeiten", als sie zusammen in den Stall gingen.

Susanne fühlte sich schuldig, weil sie mit dem Maulen angefangen hatte. Jetzt folgte Daniel schon ihrem Beispiel. Aber was konnte sie dagegen machen, wenn sie das nun eben so empfand?

Als Susanne und Betty das Geschirr gewaschen hatten, kündigte Mutter an: „Wenn ihr mir heute vormittags helft, könnt ihr nachmittags eure Cousine Alma besuchen gehen." Alma lebte auf der anderen Seite der Felder. Mit ihr spielten sie am Liebsten, aber in den letzten Wochen hatten sie immer zu viel zu tun gehabt, um sich gegenseitig zu besuchen.

„Juhuuu!“, riefen die Mädchen einstimmig.

„Susanne, du kannst jetzt gehen und die Bohnenpflanzen im Garten hochziehen. Wir sind gestern mit ihnen nicht fertig geworden“, sagte Mutter munter.

Susanne krauste missmutig die Stirn, während sie zur Tür ging. Bohnen hochziehen machte nicht besonders viel Spaß. Aber sie konnte nicht lange mürrisch bleiben, wenn sie daran dachte, dass sie nachmittags zu Alma gehen durften. Dort hatten sie immer ganz viel Spaß.

Als die Uhr eins schlug, war Susanne selbst überrascht, wie schnell die Zeit vorbei gegangen war. Jetzt konnten sie und Betty zu Alma losgehen.

„Hallo“, rief Alma und rannte ihnen entgegen. „Ich wusste schon gar nicht mehr, was ich spielen sollte. Ich hab gehofft, dass ihr kommt.“

Zusammen rannten die drei Mädchen über den Hof zu der Schaukel. Susanne dachte darüber nach, was Alma gesagt hatte. Sie wusste manchmal nicht, was sie spielen sollte. Susanne konnte sich schlecht vorstellen, wie das war. Sie selbst hatte niemals Schwierigkeiten, sich zu überlegen, was man spielen konnte. Wahrscheinlich war das so, weil sie so viel helfen musste, schlussfolgerte sie.

Alma unterbrach ihre Gedankengänge. „Sollen wir im Heuhaus auf der Scheune spielen?“

„Klar, los“, antwortete Susanne. „Dazu habe ich zuhause niemals Zeit.“

„Das Heuhaus zu bauen hat genauso viel Spaß gemacht, wie darin zu spielen“, antwortete Alma. „Manchmal wünschte ich, wir hätten mehr Kinder in unserer Familie, als nur Esther und mich. Aber wahrscheinlich gibt's da auch Vorteile. Zum Beispiel, dass wir nicht so viel arbeiten müssen."

Der Nachmittag war so schnell vergangen, dass Susanne ihren Ohren kaum trauen wollte, als ihre Tante sie rief und sagte, dass es schon vier Uhr war. „Wenn ihr gleich kommt, dann habe ich ein Eis in der Waffel für jede von euch, und wenn ihr die gegessen habt, dann ist es auch schon Zeit für Susanne und Betty, wieder nach Hause zu gehen."

Während sie ihr Eis leckten und die knusprige Waffel kauten, dachte Susanne an all die guten Dinge, die Alma hatte. Sie hatte nicht nur Eis, sondern auch Eiswaffeln dazu. Susanne war sicher, dass Almas Familie oft Eis aß, weil es immer welches gab, wenn sie hier waren.

Als das letzte knusprige Waffelstück vertilgt war, sagte Susanne: „Betty, wir müssen gehen." Sie winkten zum Abschied und eilten nach Hause.

Als sie gerade die Küche betreten hatte, rief Susanne überrascht: „Pfirsiche! Woher haben wir die? Darf ich einen haben?"

„Ich bin so froh, dass du wieder zuhause bist", sagte Mutter. „Der Mann, der uns jedes Jahr Pfirsiche bringt, hat sie heute nachmittags gebracht. Du kannst ein paar davon essen, während du mir hilfst, sie zu schälen."

Susanne war sehr ruhig, während sie die Pfirsiche schälte. Das Leben war so ungerecht. Sie hatten niemals Waffeln zum Eis. Überhaupt hatten sie fast niemals Eis. Sie fragte sich, ob Alma jemals etwas essen musste, was ihr nicht schmeckte. Und was sie ganz sicher wusste, war, dass Alma nicht so viel helfen musste.

Als Susanne und ihre Mutter alleine in der Küche waren, fragte Mutter: „War es schön bei Alma?"

„Ja … wir haben viel Spaß gehabt. Aber Alma … sie … sie muss nicht so viel helfen", stammelte Susanne. „Außerdem kriegt sie ganz viel Eis."

„Manchmal sind wir in der Versuchung, nur zu sehen, wo andere es besser haben als wir", sagte Mama ruhig. „Heute haben wir einen Brief bekommen. Es war so eine Art Rundbrief. Ich weiß nicht, wer ihn uns geschickt hat, aber ich will ihn dir nach dem Abendessen mal zeigen, wenn wir mit den Pfirsichen fertig sind."

Schließlich waren sie soweit, dass sie sich den Rundbrief anschauen konnten, den Mutter ihr zeigen wollte. Die anderen Kinder waren alle nach draußen zum Spielen gelaufen – alle außer Clara, die auf dem Fußboden in der Küche spielte.

„Dies Mädchen auf dem Bild", sagte Mutter, „ist acht Jahre alt, genauso wie du."

Susanne beugte sich über das Bild. „Warum hat sie so wenig an und warum ist ihr Bauch so dick, und ihre Arme so mager?"

Mutter machte eine Pause. „So sehen Kinder aus, wenn sie nicht genug zu essen haben. Und sie hat kaum Kleider zum Anziehen. Das heißt, dass sie eines der vielen Kinder ist, die kein Zuhause haben. Sie weiß nicht, wo ihre Eltern und der Rest ihrer Familie ist. Das ist alles deswegen, weil da wo sie lebt, ein fürchterlicher Krieg wütet."

Susanne starrte das Bild mit großen Augen an. Sie sagte lange Zeit gar nichts. Dann fragte sie: „Wie heißt das Mädchen?"

„Sie heißt Lisa", antwortete Mutter. „Ich glaube, sie wäre dankbar, wenn sie etwas zu essen hätte, auch wenn sie kein Eis bekommt. Oder wenn sie ihrer Mutter helfen könnte."

Susanne dachte daran, wie sie gemurrt hatte, dass sie so viel Gemüse einmachen mussten und dass sie so viel arbeiten musste. Und wie sie sich aufgeregt hatte, weil es bei ihnen selten Eis zu essen gab. Susanne schämte sich. Sie hatte so viel und war gar nicht dankbar dafür.

Mutter stand auf, um nach den Pfirsichen zu sehen, die in den Töpfen auf dem Herd dampften.

Als sie zurückkam, fragte sie: „Findest du nicht, dass wir Gott danken sollten für unser Essen, unsere Kleider, unser Zuhause und unsere Familie, und dass wir überhaupt arbeiten können?"

Susanne nickte eifrig. Dann fügte sie hinzu: „Und wir können Ihm auch für den Haferbrei danken." Mutter drückte sie liebevoll an sich.

Susanne holte ihr Geschichtenbuch und bot an: „Ich kann Clara mit nach draußen nehmen und auf sie aufpassen, während du hier deine Arbeit fertig machst."

„Das wäre sehr lieb von dir." Mutter lächelte.

Tief in ihrem Inneren wusste Susanne, dass sie sich bemühen würde, dankbarer zu sein. Und seltsamerweise fühlte sie sich dabei besser, als es den ganzen Tag gewesen war.

Seid in allem dankbar; denn das ist der Wille Gottes in Christus Jesus für euch.

1. Thessalonicher 5,18

Steffi und der Johnny-Kuchen

Steffi schaukelte immer höher und höher. Während sie durch die Luft segelte, dachte sie an ihre Freunde aus der Schule. Lucinda und Rosie und Esther sagten alle, dass sie schon selber einen Kuchenteig machen konnten. Steffi wünschte, sie könnte das auch. Morgen war Samstag. Vielleicht konnte sie Mutter bitten, dass sie es auch mal probieren durfte. Wäre das schön, wenn sie dann in die Schule kommen und sagen könnte: „Ich habe ganz alleine einen Kuchen gemacht!“

Das Problem war, dass Steffi nicht gerne im Haushalt half. Sie arbeitete lieber draußen, wenn sie schon einmal helfen musste. Aber zu schaukeln, im Wald herumzustreifen und ähnliche Dinge machten ihr viel mehr Spaß als das Arbeiten.

Plötzlich hatte Steffi eine Idee. Sie würde einen Kuchen zum Abendessen backen. Einen Johnny-Kuchen. Das war ein ganz einfaches Rezept und sie hatte schon öfters Mama dabei geholfen. Sie verlangsamte die Schaukel, bremste mit ihren Füßen ab und rannte ins Haus.

„Nancy, darf ich einen Kuchen machen … einen Johnny-Kuchen zum Abendessen?“, fragte Steffi.

„Mama ist nicht zuhause um dir zu helfen, und ich muss jetzt erstmal das alles fertig bügeln. Und dann muss ich was im Garten machen“, antwortete Nancy.

„Ich will ihn alleine machen“, sagte Steffi. „Ich weiß wie.“

„Na gut, du kannst es versuchen, aber sei sorgfältig und mach alles genau wie es im Rezept steht“, wies Nancy sie an.

Steffi rannte in die Küche. Sie holte das Backbuch und blätterte darin, bis sie das Rezept für den Johnny-Kuchen fand. Das Geschirr klapperte und die Schranktüren schlugen, während Steffi die richtigen Schüsseln und Zutaten zusammensuchte.

„Du wirst danach aber selber nach dir aufräumen müssen“, rief Nancy aus dem Nebenzimmer.

„Macht nichts“, rief Steffi zurück. „Wollte ich sowieso.“

Steffi erinnerte sich daran, dass Mutter ihr gesagt hatte, dass man sich vor dem Backen zuallererst einmal eine Arbeitsfläche einrichten und dann alle Sachen zusammensuchen soll, die man braucht: Maismehl, Mehl, Zucker, Eier, saure Milch. Aber Steffi hatte jetzt keine Zeit, systematisch zu sein. Sie eilte hin und her, wog ab, knetete und rührte Zutaten zusammen, so wie es im Backbuch stand. In überraschend kurzer Zeit war der Kuchen im Ofen und Steffi wusch das Geschirr ab.

„Kannst du für mich nach dem Kuchen sehen?“, fragte Steffi.

„Klar“, erklärte Nancy bereitwillig. „Stell die Küchenuhr auf 20 Minuten, dann schau ich nach. Hat der Ofen die richtige Temperatur?“

„Ja, genau 180 Grad“, sagte Steffi. Sie war stolz darauf, was sie heute geschafft hatte. Sie eilte nach oben um ihr Zimmer aufzuräumen, damit die Zeit schneller verging. Als sie die Küchenuhr klingeln hörte, rannte sie nach unten und stellte sich hinter Nancy, die gerade in den Ofen schaute.

„Er geht nicht auf, Steffi“, sagte Nancy. „Er sieht etwas flach aus, findest du nicht auch?“

Steffis Herz sank. „Ich wollte, dass der Kuchen gelingt, aber mir gelingt nie was“, sagte sie und Tränen traten ihr in die Augen. Bevor Nancy Zeit hatte, irgendetwas zu sagen, hatte Steffi sich umgedreht und war aus dem Haus gerannt.

Sie rannte schnurstracks die Auffahrt hinunter zu Tante Susannes Haus. Als sie bei der großen Rottanne in der Ecke des Hofes angelangt war, kauerte sie sich unter ihre zottigen Äste, die beinahe den Boden berührten. Als sie noch klein gewesen war, war sie manchmal hierher gekommen, um hier über ihre Sorgen zu brüten, und jetzt fühlte sie sich gerade wie ein kleines Mädchen.

„Warum habe ich es überhaupt versucht?“, fragte sie sich. „Wie konnte ich denken, dass ich überhaupt irgendwas essbares machen kann?“

Steffi hoffte, dass die anderen Mädchen in der Schule niemals von ihrem Missgeschick erfahren würden. Sie hoffte, dass sie lange, lange Zeit nicht übers Backen reden würden. Aber was war mit ihren Geschwistern? Was war mit Mutter?

„Ist irgendetwas nicht in Ordnung?“, fragte plötzlich jemand. Es war Tante Susannes Stimme. Überrascht schaute Steffi auf und sah ihre Tante auf der Veranda sitzen.

Obwohl Steffi sich vorgenommen hatte, niemandem von ihrem Johnny-Kuchen zu erzählen, überlegte sie es sich in diesem Augenblick anders. Sie würde es Tante Susanne erzählen. Tante Susanne würde sie verstehen.

Steffi krabbelte aus ihrem Versteck heraus und setzte sich auf die Veranda-Stufen. Langsam erzählte sie Tante Susanne die ganze Geschichte. Sie begann mit dem Heimweg von der Schule, auf dem sie entdeckt hatte, dass alle anderen Mädchen schon selber einen Kuchen backen konnten.

„Bist du sicher, dass alle diese Kuchen immer gut gelingen?“, fragte Tante Susanne. „Sie erzählen nur von den gelungenen, glaubst du nicht?“

Das war ein neuer Gedanke für Steffi, aber er tröstete sie nicht. „Aber ich habe noch nie einen guten gebacken“, jammerte sie. „Ich habe mich so bemüht und es ist nicht gelungen. Ich werde es jetzt ganz, ganz lange nicht mehr versuchen.“

„Aber Steffi“, tröstete Tante Susanne. Plötzlich hatte sie eine Idee. „Hast du dir jemals diese Rottanne genauer angeschaut, unter der du dich versteckt hast?“

Steffi drehte sich zur Tanne um. „Sie ist hübsch“, sagte sie.

„Siehst du diese Rundung am Stamm etwa auf halber Höhe?“

„Hm, die hab ich noch nie bemerkt.“

„Vor vielen Jahren wuchs hier auch ein Weidenbaum“, erzählte Tante Susanne. „Eines Nachts hatten wir einen Sturm. Diese große Weide stürzte herunter, direkt auf die Spitze der kleinen Rottanne.“ Tante Susanne machte eine Pause. „Wie erbärmlich die kleine Rottanne danach aussah! Die Spitze war abgebrochen. Nur ein einsamer Ast erstreckte sich in die Höhe.“

„Dann habt ihr gedacht, dass sie nie wieder schön aussehen würde, oder?“, fragte Steffi.

„Klar, dachten wir das“, sagte Tante Susanne. „Aber wir haben den Baum nicht aufgegeben und der Baum selbst gab auch nicht auf. Er wuchs nach und nach. Schau dir jetzt nur an, was für ein stattlicher Baum das geworden ist.“

Steffi starrte die Rottanne an.

„Manchmal sind Menschen auch so. Sie denken, sie sind nichts wert, weil ihnen nicht gelingt, was sie machen. Aber wenn sie es immer weiter versuchen, dann hören sie nicht auf zu wachsen und zu lernen, bis sie sich nicht mehr vorstellen können, dass sie mal im Begriff waren, aufzugeben“, erklärte Tante Susanne.

„Also denkst du … denkst du, ich sollte es nochmal versuchen?“, fragte Steffi.

„Natürlich solltest du das … aber nicht willkürlich. Warum überlegst du nicht einmal gut – was könntest du falsch gemacht haben? Schau dir das Rezept genau an und frage

dich bei jedem Schritt: ‚Hab ich das richtig gemacht?' Wenn du den nächsten Kuchen genauso machst, wie den ersten, dann wird er genauso misslingen. Finde heraus, was du falsch gemacht hast und mache es richtig." Tante Susannes Erklärungen klangen so einfach.

Steffi ging zurück in die Küche. Sie schaute sich das Rezept genau an, so wie Tante Susanne ihr gesagt hatte. Plötzlich hielt sie inne. „Backpulver", dachte sie. Dann wiederholte sie das Wort noch einmal, diesmal ganz laut. „Backpulver! Ich hab das Backpulver vergessen."

Steffi machte sich an die Arbeit. Diesmal eilte sie nicht so sehr. Sie suchte alle Zutaten zusammen, genau wie Mutter es ihr gezeigt hatte. Sie überprüfte alles mehrmals, ob sie auch alles richtig gemacht hatte. Dann wog sie die Zutaten sorgfältig ab. „Wenn ich alles richtig mache, dann muss dieser Kuchen gelingen!", dachte sie entschlossen.

Genau in diesem Augenblick trat Nancy in die Küche. „Backst du noch einen Kuchen?", fragte sie.

„Ja, ich hab herausgefunden, was ich falsch gemacht habe und will es diesmal richtig machen." Steffi lächelte. Sie war nicht so aufgeregt wie beim ersten Mal, aber sie war zuversichtlich.

Eine halbe Stunde später war der Johnny-Kuchen gebacken. Nancy berührte ihn vorsichtig von oben. „Diesmal fühlt er sich genau richtig an, und schau nur, wie gut er aussieht. Ich bin mir sicher, diesmal ist er wirklich gelungen!"

Steffi strahlte. Sie deckte schnell den Tisch für das Abendessen und sagte dann: „Nancy, denkst du, es wäre in

Ordnung, wenn ich mal ganz kurz zu Tante Susanne renne? Wir werden doch sowieso nicht essen, bevor Mama zuhause ist, oder?“

„Nein, aber sie müsste jetzt eigentlich jeden Augenblick kommen. Aber du kannst gehen, wenn du willst“, sagte Nancy.

Steffi rannte so schnell sie konnte. Diesmal versteckte sie sich nicht unter der Rottanne. Sie hüpfte die Stufen hoch und über die Veranda, direkt in Tante Susannes Küche. „Es hat geklappt!“, rief sie fröhlich. „Ich habe es so gemacht, wie du gesagt hast und der nächste Kuchen ist genau richtig geworden.“

Tante Susanne lächelte. „Hab ich es dir nicht gesagt?“, fragte sie.

So erkenne auch, dass die Weisheit gut ist für deine Seele; wenn du sie gefunden hast, so hast du eine Zukunft, und deine Hoffnung wird nicht zunichte werden.

Sprüche 24,14

Rover

Leroy ging mit großen Schritten zum Schuppen, mit Rover auf den Versen. Die Herbstsonne schien warm auf sie herab. Faule Insekten summten in der Luft. Die Blätter an dem Ahornbaum bildeten eine glänzende rot-gelb-goldene Masse. Der Tag war perfekt, um zusammen mit dem Hund einen Streifzug in den Wald zu unternehmen.

„Komm, Rover", rief er, „wir beeilen uns und putzen den Schweinestall und dann ziehen wir los!"

Rover witterte schon, was diese Aufforderung beinhaltete und zeigte Vorfreude auf das Aufspüren und Jagen. Mit einem graziösen Sprung setze er über das kleinere Scheunentor.

Leroy grinste. Was Rover doch für ein guter Hund war! Er dachte an die mühevollen Stunden, die er investiert hatte, um diesen jungen Hund zu trainieren. Das zahlte sich jetzt auf jeden Fall aus. Und außerdem hatte es viel Spaß gemacht, ihm das alles beizubringen. Leroy öffnete die Tür zu dem hinteren Schweinestall und befahl Rover, die Schweine hinaus zu treiben. Rover verlor keine Zeit. Er trieb die Schweine zusammen und jagte sie in den Hof hinaus. „Guter Hund!", lobte Leroy und kraulte ihm liebevoll den Kopf. „Du bist ein Hund, der seine Arbeit meisterhaft macht, und ich muss mir nicht die Schuhe und

Hosen dreckig machen, um diese störrischen Schweine zu jagen.“ Leroy begann mit der nächstliegenden Aufgabe und schaufelte den Mist mit der Gabel aus dem offenen Fenster.

„Leroy!“, rief seine Schwester Johanna.

„Hier bin ich“, antwortete Leroy.

„Amy und ich wollen, dass du mit uns Baseball spielst, wenn du mit deinen Arbeiten fertig bist.“ Johanna sah ihren älteren Bruder bittend an.

„Oh, stimmt, wir wollten das ja heute zusammen üben. Ich hatte eigentlich vor, mit Rover in den Wald zu gehen, aber der Tag ist ja noch nicht vorbei.“

„Du bist immer nur mit Rover unterwegs“, protestierte Johanna.

„Nun, Rover ist so ein guter Jäger und ich schaue gerne zu, wie er Mäuse und Eichhörnchen aufscheucht. Wir sind bestimmt rechtzeitig zurück“, sagte Leroy und versuchte dabei möglichst überzeugend zu klingen. Er wollte seine Schwestern nicht dazu auffordern mitzukommen, weil sie nie mit ihm Schritt halten konnten und er lieber alleine mit seinem Hund war.

„Vater, ich bin jetzt fertig. Rover und ich gehen in den Wald. In Ordnung?“

„Ja“, sagte Vater, „aber ich habe gehört, worum Johanna dich gebeten hat und ich will, dass du daran denkst, auch mit den Mädchen zu spielen.“

Leroy zog los und Rover folgte ihm auf dem Fuß. Zusammen bummelten sie den Buschpfad hinunter. Hier brauchte er keine Leine. Leroy war begeistert, dass Rover seinen Befehlen prompt gehorchte.

Plötzlich kam ein schwarzweißes Etwas direkt auf sie zugeschossen. „Ein Stinktier!“, schrie Leroy und begann schnell den Maschendrahtzaun hochzuklettern. „Hierher, Rover!“, rief er. Aber es war zu spät. Das Stinktier rannte direkt auf Rover zu und biss ihn in seine Hinterflanke. Leroy sprang auf der anderen Seite des Zauns ab. Das Stinktier war mit Sicherheit tollwütig! Seine Gedanken überschlugen sich. Er musste sich selbst schützen, aber dieses Stinktier trottete immer noch ziellos auf dem Pfad herum, sich langsam in Richtung Wald bewegend. Rover war aufgeregt und wütend. Er wollte das Stinktier verfolgen. Leroy befahl ihm, zu bleiben wo er war. Rover gehorchte, wenn auch mit einem traurigen Blick. Er wollte doch Spaß haben!

Leroy konnte Rover jetzt nicht mehr zu sich rufen, weil das Stinktier den Hund bereits gebissen hatte. Ach, wenn das bloß nicht passiert wäre! Leroy konnte nur an eines denken. Rover würde eingeschläfert werden müssen! Das war das Schicksal der Hunde, die von tollwütigen Tieren gebissen wurden!

Leroy beobachtete, wie das Stinktier zurück ins Walddickicht trottete und dann wieder näher zu ihm und Rover kam. Leroys Gedanken überschlugen sich. „Ich muss so schnell wie möglich Vater rufen, damit er das Stinktier erschießt. Vielleicht gibt es die Hoffnung, dass es doch nicht tollwütig ist. Das Stinktier muss untersucht werden!“

Schnell rief er Rover und zusammen rannten sie, auf verschiedenen Seiten des Zauns, zurück zur Scheune.

Atemlos erklärte Leroy alles seinem Vater.

Vater eilte schnell mit seinem Gewehr los, während er strenge Anweisungen gab, dass Rover angebunden werden sollte und alle sich von ihm fernhalten sollten.

Wenige Minuten später kam Vater zurück. Die gute Nachricht war, dass er das Stinktier erlegt hatte. Es gab immer noch einen Funken Hoffnung.

In den folgenden Tagen, als sie auf die Ergebnisse der Untersuchung warteten, war Leroy sehr besorgt. Wie konnte er sich von seinem Hund, von Rover trennen? Er durfte ihn jetzt nicht einmal streicheln. Sicher wunderte Rover sich, warum sein Herrchen sich so sonderbar benahm, gerade jetzt, wo er ihn so brauchte. Es war offensichtlich, dass der Biss in seinem Hinterbein tief und schmerzhaft war.

Schließlich kamen die Untersuchungsergebnisse. Das Stinktier hatte Tollwut! Der Hund musste eingeschläfert werden. Mit stechendem Schmerz nahm Leroy diese harte Tatsache zur Kenntnis. Er konnte es nicht verhindern, dass ihm die Tränen über die Wangen liefen, als Vater Rover wegbrachte.

Den gazen Tag fühlte Leroy die Traurigkeit immer noch wie eine Wolke über sich hängen. Vater musste das bemerkt haben, denn nach dem Abendessen setzte er sich zu ihm. „Mein Sohn“, begann er, „wir verstehen sehr gut, dass es dich schmerzt, aber auch wenn Rover für dich etwas besonderes war, war er nur ein Hund.“

„Ich weiß“, sagte Leroy mit einem schwachen Lächeln. „Natürlich bin ich froh, dass es keinen Menschen getroffen hat.“

„Und eine andere Sache, Leroy“, fuhr Vater fort, „wir müssen alle lernen, dass so nun einmal das Leben auf der Erde ist. Nichts kann immer so bleiben, wie es ist.“ Vater stand auf und Leroy erhob sich ebenfalls.

„Ich hab zu gar nichts Lust“, bemerkte Leroy. „Normalerweise würde ich jetzt mit Rover spielen.“

Vater lächelte ihn verständnisvoll an. „Ich weiß, dass deine beiden Schwestern sich freuen würden, wenn ihr Bruder heute abends ein bisschen mit ihnen Ball spielt. Ich denke, du könntest dich dazu überwinden, ihnen eine Freude zu machen.“

„Na gut, das mache ich“, erklärte Leroy sich einverstanden.

Alles hat seine bestimmte Stunde, und jedes Vorhaben unter dem Himmel hat seine Zeit: Geborenwerden hat seine Zeit, und Sterben hat seine Zeit, … Töten hat seine Zeit, und Heilen hat seine Zeit, … Weinen hat seine Zeit, und Lachen hat seine Zeit; Er hat alles vortrefflich gemacht zu seiner Zeit, auch die Ewigkeit hat Er ihnen ins Herz gelegt — nur dass der Mensch das Werk, das Gott getan hat, nicht von Anfang bis zu Ende ergründen kann.“

Prediger 3,1.3.11

Die Wahrheit

Katie wirbelte ihr Geschirrtuch in der Luft herum. Dann holte sie sorgfältig Omas kostbare Porzellanschüssel aus der Spüle und trocknete sie ab. Ihre großen braunen Augen sahen fragend drein, als sie die Straße hinunterblickte, die zu den Briefkästen auf dem Hügel führte. „Warum haben Papa und Mama uns heute keinen Brief geschickt?“

„So ist das halt, Katie“, sagte Oma. „Wenn man unterwegs ist, kann man nicht immer schreiben. Mama und Papa haben dich nicht vergessen. Bist du es schon satt, bei uns zu sein?“

„Oh nein! Ich will gar nicht nach Hause. Ich war nur enttäuscht, weil ich so auf einen Brief gewartet habe, und jetzt war schon wieder keiner da.“ Katies Augen strahlten wieder. „Ich hab jede Menge Spaß hier.“

Katies Eltern hatten beschlossen, eine Reise zu machen. Sie wollten Vaters Onkel besuchen, der krank im Bett lag. Als Katies Mama sie gefragt hatte, ob sie gerne bei Opa und Oma bleiben würde, während sie weg waren, hatte Katie vor Freude gejubelt. „Wann fahren wir?“

„Andy geht mit dir“, hatte Mama geantwortet. „Er ist mit seinen eineinhalb Jahren noch sehr klein und Oma hat vorgeschlagen, dass er auch zu ihnen auf den Bauernhof mitkommt. Die anderen beiden Kinder kommen mit uns. Ist das in Ordnung so?“, hatte Mama gefragt.

Nun waren Katie und Andy seit einer Woche bei Oma und Opa.

Katie schaute liebevoll auf ihr kleines Brüderchen, das auf dem Boden saß. Für sie war er das süßeste und liebste Baby auf der ganzen Welt. Sie spielte sehr gerne mit ihm. „Oma, darf ich mit Andy draußen im Sandkasten spielen?“

„Ja, du darfst, du bist ja schon fertig mit dem Geschirr. Ich bin froh, dass ich so eine gute Helferin habe.“ Katie strahlte bei Omas Worten.

„Komm, Andy, wir gehen nach draußen.“ Geduldig wartete Katie an der Tür, bis er kam. Draußen im Sandkasten baute sie lauter lustige Sandhäuser für Andy. Er lachte, als sie eines direkt auf seine Füße baute. „Na aber“, schalt Katie lachend, als Andy seinen Fuß wegzog und das Haus zusammenfiel.

Bald kam Oma nach draußen und sagte, dass es für Andy Zeit war, ins Bett zu gehen. „Katie, kannst du die Hühnerhäuser zu Nacht schließen?“, fragte sie.

Es war Katies Aufgabe, jeden Abend die Hühnerhäuser zu verriegeln, seit sie auf Opas kleinem Bauernhof war. Sie hatten nur wenig Land und das Hühnerhalten machte ihnen große Freude. Die Hühner waren heute im Gatter auf dem Feld. Jeden Abend mussten die Ställe verriegelt werden, und das machte Katie Spaß.

Katie blickte zum Horizont im Westen, wo die Sonne gerade unterging. Sie sprang auf. „Ich geh jetzt und mach die Hühnerställe zu. Später, wenn es dunkel wird, würde es unheimlich sein“, dachte sie bei sich selbst.

Katie liebte es, durch die Weide und an dem kleinen Bach vorbei zu streifen. Manchmal blieb sie stehen und warf Kieselsteinchen in den trüben Strom. Es machte Spaß, die geriffelten Kreise zu beobachten, die sich auf dem Wasser ausbreiteten. Sie blieb gerne hier am Bach stehen. Jetzt kam sie zu einer Lichtung, wo die Grenze zwischen Opas Land und dem Land des Nachbarn war. Sie beeilte sich immer, wenn sie an der Hundehütte vorbei musste, in der der große Schäferhund des Nachbars angebunden war. Er hieß Sandy.

„Du böser Hund!“, rief Katie, als sie diesmal an ihm vorbeiging. Sie umging ihn so weit sie konnte. Sandy fletschte seine gefährlichen Zähne und bellte sie scharf an.

Die Dämmerung senkte sich über das Land, als Oma rief: „Katie, wasch deine Füße an der Pumpe. Es ist Zeit für dich, zu Bett zu gehen. Hast du das Gatter zur Weide geschlossen? Da soll bloß keiner durchgehen und an den bösen Hund der Nachbarn geraten.“

Katie zögerte und dachte an das unverriegelte Gatter. Sie hatte es vergessen. Aber sie konnte doch jetzt nicht wieder rausgehen! Es wurde schon dunkel! Ihre Gedanken rasten durch das Gehirn.

„Hast du das Tor geschlossen?“, fragte Oma wieder.

„Ja, Oma“, antwortete Katie. Sie hatte scharfe Gewissensbisse, weil sie wusste, dass es eine Lüge war. Sie dachte an ihre Mutter, die weit weg war und daran, wie oft sie versucht hatte, ihr beizubringen, dass es falsch war, zu lügen.

Aber Mutter war weit weg und konnte es nicht wissen. „Ich schließe das Tor gleich morgen früh“, dachte Katie. Schnell pumpte sie kaltes Wasser über ihre Füße und schrubbte sie mit der Hand flüchtig ab. Sie ging heute ganz schnell ins Bett.

Katie ging durch die Küche ohne Opa anzuschauen. Er saß in seinem Schaukelstuhl und las.

Am nächsten Morgen wachte Katie früh auf und hörte unten in der Küche die Stimme ihrer Cousine Naomi. Katie zog sich an, so schnell sie konnte, und rieb sich den Schlaf aus den Augen. In der Eile dachte sie überhaupt nicht mehr an das unverriegelte Gatter.

Sie rannte nach unten. „Guten Morgen, Katie“, kicherte Naomi. „Ich war schneller, was?“

Katie wurde rot. „Ja, warst du. Warum so früh?“

„Mama hat mich geschickt, im Laden an der Ecke ein paar Nadeln zu kaufen. Und sie hat mir gesagt, ich soll bei Oma vorbeigehen und fragen, ob sie auch noch was braucht.“ Naomi war in Katies Alter und wohnte nur eine Meile entfernt.

„Bist du mit Wagen und Pony gekommen?“, fragte Katie.

„Ja, bin ich.“

„Du hast es gut, dass du immer so nahe bei Opa und Oma wohnst.“ Eilig verschlang Katie ihr Frühstück.

„Das finde ich auch. Aber es wäre noch schöner, wenn du auch immer hier wohnen würdest“, grinste Naomi.

Oma kam geschäftig in die Küche. „Ich hab mal nachgesehen und ich denke, ich brauche noch blauen Zwirn.

Katies Mama hat mich gefragt, ob ich eine Babydecke für Andys Bett nähen könnte. Wenn ich den Zwirn heute kriege, dann kann ich die Decke vielleicht fertig haben, bis sie nach Hause kommen."

Naomi sah bittend in Katies Richtung. Oma bemerkte das und sagte: „Klar, Katie, du darfst mit."

Zwei sehr glückliche Cousinen fuhren zusammen mit dem Ponywagen los. „Das ist schön!", Katie ließ ihre Blicke über die Felder streifen. „Es wäre so schön, wenn wir auch ein Pony zuhause hätten."

Die beiden Cousinen genossen die Zeit miteinander. Es war nicht weit bis zum Laden. Bald waren sie wieder auf dem Heimweg. Katie hielt die Papiertüte mit Omas Zwirn ganz fest in der Hand. Sie hüpfte vom Ponywagen und winkte ihrer Cousine, als sie weiter fuhr. Erst dann dachte sie wieder an das Gatter. Ein Schreck durchzuckte sie. Eilig rannte sie zum Haus.

„Wo ist Andy?", fragte sie.

„Er war hier im Hof, zumindest vor ein paar Minuten." Oma räusperte sich. „Es ist so ein schöner Morgen, da hab ich gedacht, ich lasse ihn mal für ein Weilchen nach draußen."

Katie raste zur Tür. Bestürzt sah sie, wie Opa einen schreienden Andy auf dem Arm hielt und streng mit Sandy schimpfte. „Oh nein", jammerte Katie.

Oma kam aus dem Haus gelaufen. „Was ist los?"

„Der Hund! Der Hund!" Katie weinte hemmungslos, während sie Opa entgegenlief. „Ist Andy verletzt?"

„Wir müssen ihn sofort zum Arzt bringen. Der Hund hat ihn gebissen. Ich kann nur nicht verstehen, wie Andy dahin gekommen ist …“ Opa hielt plötzlich inne, als er sah, wie bestürzt Katie war. „Katie, ich denke, es wird alles gut. Der Doktor wird die Wunde an der Hand vielleicht ein bisschen nähen müssen. Aber es hätte viel schlimmer kommen können.“ Er legte seine große Hand auf Katies bebende Schultern. „Das hat uns allen einen großen Schreck eingejagt, was?“

Ein Nachbar brachte Opa und Andy zum Arzt. Katie kam es so vor, als wären sie viele Stunden lang weg. Oma versuchte, sich auf die Flickendecke für Andy zu konzentrieren. Tränen standen ihr in den Augen. „Armer lieber Andy, ich wollte doch so gut auf ihn aufpassen. Ich kann nur nicht verstehen, wie er das Gatter geöffnet haben konnte.“

Katie konnte ihre Gewissensbisse nicht länger verschweigen. Sie schlang die Arme um Omas Schulter und schluchzte: „Ich … ich hab das Gatter offen gelassen. Ich … ich … hatte so Angst, im Dunkeln nochmal dahin gehen zu müssen. Ich … ich hab gelogen. Eigentlich wollte ich es gleich heute früh verriegeln … aber ich hab‘s vergessen. Es ist alles meine Schuld.“ Katie brach wieder in Tränen aus.

„Das tut mir aber auch leid“, flüsterte Oma. „Wir hätten dich nicht im Dunkeln noch einmal zum Gatter geschickt. Wir wären selber hingegangen, um es zu schließen.“ Sie hielt einen Moment inne. „Es ist sehr schlecht, wenn man lügt.“ Ihre Stimme klang dabei aber sehr sanft.

Katie vergrub das Gesicht in Omas Schoß. „Ich wünschte so, dass ich die Wahrheit gesagt hätte!“, schluchzte sie.

„Ja! Jesus sieht uns immer. Er sieht dich auch dann, wenn Mama dich nicht sieht. Lügen ist immer verkehrt, egal ob die Folgen schlimm für unseren kleinen Bruder sind oder nicht“, sagte Oma. „Ich hoffe, du hast deine Lektion gelernt. Und ich denke, du solltest deinen Eltern von diesem Vorfall erzählen. Sie sollen entscheiden, ob du noch eine Strafe für deine Lüge bekommen sollst, oder nicht.“

Katie wischte sich die Tränen ab. „Ich hoffe, dass ich immer daran denke, und ich glaube, das werde ich.“ In dem Augenblick öffnete sich die Tür und Opa kam mit einem lächelnden Andy auf dem Arm herein.

Katie rannte auf Opa zu, nahm ihr Brüderchen in die Arme und drückte es ganz fest an sich. Wie liebte sie es! Andy hielt seine weiße verbundene Hand hoch. Katie küsste seine Fingerchen. Sie würde ganz bestimmt nicht wieder lügen.

Darum legt die Lüge ab und redet die Wahrheit, jeder mit seinem Nächsten.

Epheser 4,25

Der zerbrochene Bogen

Der zwölfjährige Thomas Miller wusch gerade das Geschirr ab. „Mama, heute ist es so warm draußen. Papa hat gesagt, ich darf mir im Teich bei Nachbar Jerry eine kleine Abkühlung holen.“ Eilig fuhr Tom mit einem Kamm durch sein verwuscheltes schwarzes Haar.

„Dann nimm doch die neue Flasche Shampoo mit und wasch dir gleich die Haare.“ Mama griff in den Schrank und reichte Thomas eine Flasche.

„Ich will nicht“, protestierte Thomas. „Benjamin verschwendet es dann sowieso immer. Er drückt es den anderen Jungs auf die Köpfe aus, wenn sie gerade nicht gucken. Dann bring ich immer nur ´ne leere Flasche mit nach Hause.“ Thomas schnappte sich seine Kappe vom Hacken.

Mutter bestand aber auf ihrer Anordnung: „Du nimmst das Shampoo mit. Deine Haare müssen gewaschen werden. Sag den Jungen, dass sie den Unsinn lassen sollen. Man sollte sich nicht an den Dingen, die anderen Leuten gehören, vergreifen.“

Ohne ein weiteres Wort nahm Thomas die Flasche mit.

Er ging schnell und bald konnte er schon einige andere Jungen am Teich sehen. „Hallo“, sagte er, als er näher kam.

„Hallo!“, rief Benjamin. „Ich seh schon, du hast wieder Shampoo mitgebracht.“ Er gluckste.

Bald war Thomas mit seinen Freunden im Wasser. „Das ist das Beste, was es an so einem warmen Sommerabend gibt“, dachte er. Er plantschte wild herum und dann bückte er sich, um sich die Haare zu waschen. Als Thomas fertig war, schnappte Benjamin sich die Flasche. Thomas protestierte: „Mama hat gesagt, du darfst sie nicht verschwenden. Ich muss sie wieder nach Hause bringen.“

Benjamin schwamm davon und tat, als hätte er nichts gehört. Aber Thomas wusste es besser und wiederholte: „Ich muss sie wieder nach Hause bringen!“ Die Jungs beachteten ihn nicht und machten sich einen Spaß daraus, sich das Shampoo gegenseitig auf den Köpfen auszudrücken. Thomas schluckte einen Kloß herunter und sagte nichts mehr.

Die Zeit verging schnell. Im Westen sank die Sonne wie ein roter Ball hinter den Bäumen am Horizont. Es war Zeit, wieder nach Hause zu gehen.

Wenige Minuten später winkte Thomas seinen Freunden zu. „Hey, Thomas, willst du nicht morgen zu mir in die Werkstatt kommen?“, rief Benjamin. „Ich hab was gemacht, was du unbedingt sehen musst.“

„Was ist es?“, fragte Thomas. Er war zu neugierig, um bis morgen zu warten.

„Sag ich nicht! Komm rüber, wenn du Zeit hast.“ Benjamin ließ sich wieder ins Wasser fallen, wie ein beweglicher Fisch. Benjamin war einfach so, dass jeder mit ihm befreundet sein wollte. Das bedeutete aber nicht, dass er nicht ein paar unangenehme Gewohnheiten hatte.

Während Thomas die schattige Allee entlang nach Hause trottete, dachte er über Benjamin nach. *Dass er den Nerv hatte, meine Shampooflasche wieder zu leeren! Er hat sie wieder mal verschwendet, wie immer. Ich hab keine Lust mehr, Mama ständig zu sagen, dass es keinen Sinn hat, sie immer mitzunehmen. Ich komme immer mit einer leeren Flasche nach Hause.*

Diesmal hatte Mutter darauf bestanden, dass er sich wehrte. Er hatte es auch getan, aber es hatte nichts geholfen. Als Thomas die ruhige Küche zuhause betrat, dachte er zuerst, dass niemand da war. „Thomas", rief Mutter aus dem Nähzimmer. „Wie ging es denn heute mit dem Shampoo?"

„Wie immer. Die Flasche ist leer", brummte Thomas. „Mama, ich hab ihnen gesagt, dass ich sie wieder mit nach Hause bringen soll." Er stand in der Tür zum Nähzimmer.

Mama legte die Socken, die sie gerade stopfte, hin. „Haben sie nicht darauf gehört, was du gesagt hast?"

„Nein, sie haben so getan, als würden sie es nicht hören", antwortete Thomas.

Mutter seufzte. „Ich will, dass du aus dieser Erfahrung etwas lernst. Es ist wichtig, das Eigentum anderer zu achten und nicht respektlos damit umzugehen." Sie nahm ihre Handarbeit wieder auf. „Jetzt ab ins Bett."

Am nächsten Morgen fragte Thomas seine Eltern beim Frühstück: „Darf ich heute vormittags zu Benjamin gehen?"

„Hast du ihn nicht erst gestern Abend gesehen?“, fragte Vater.

„Ja, und da hat er mich gebeten, heute zu ihm zu kommen. Er hat etwas in seiner Werkstatt gemacht, wollte aber nicht sagen, was. Bitte, Papa, ich war schon ganz lange nicht bei ihm“, bettelte Thomas.

Mutter und Vater sahen einander an. „Na gut, du darfst gehen, wenn du deine Aufgaben zuhause erfüllt hast“, sagte Vater.

Nach dem Frühstück eilte Thomas in den Schuppen. An diesem Morgen konnte er gar nicht schnell genug arbeiten. Bald war er fertig.

Thomas kniff die Augen zusammen, weil die Morgensonne ihn so hell anschien, als er die Auffahrt zu Benjamins Haus hochkam. Das neue Dach der Werkstatt glänzte im Sonnenlicht.

„Guten Morgen“, grüßte Benjamin, als Thomas in die Werkstatt kam. Er grinste spitzbübisch. „Ich wusste, dass du es bestimmt gar nicht erwarten konntest, zu kommen.“ Gerade in dem Augenblick rief Benjamins Mutter ihn ins Haus. Benjamin ging zur Tür. „Was ist?“

„Hol bitte ein paar Eier aus dem Hühnerstall, aber bitte schnell. Es muss jeden Augenblick ein Kunde kommen“, sagte Mutter.

„Ich bin gleich wieder da, Thomas“, rief Benjamin über die Schulter.

Thomas‘ Augen wanderten über die Werkbank, bis er einen frisch geschnitzten Bogen und einen Pfeil entdeckte.

Er trat näher. „Wow, wie schön!" Thomas stieß einen leisen Pfiff aus. „Kein Wunder, dass Benjamin es gar nicht erwarten konnte, ihn mir zu zeigen."

Ich darf ihn nicht in die Hand nehmen, dachte Thomas. Dann berührte er das glatte Holz. *Ach, ich werde schon gut aufpassen!* Ohne weiter darüber nachzudenken hob er Pfeil und Bogen hoch.

Ein Fenster in der Werkstatt war zerbrochen, deshalb zielte er dadurch auf einen Spatzen, der auf dem Gartenzaun saß. Dann blieb sein Herz fast stehen. In seiner Hand hielt er einen zerbrochenen Bogen. Er wusste nicht, was er eigentlich falsch gemacht hatte. Zitternd überlegte er, was er nun machen sollte. Sollte er einfach nach Hause laufen? Nein, das konnte er nicht machen.

Benjamin kam in die Werkstatt gerannt. „Diese Eierkäufer müssen aber auch zu den unpassendsten Zeiten kommen." Er ging zu der Werkbank.

„Was … was ist passiert?" Benjamin schnappte nach Luft. „Mein schöner Bogen ist zerbrochen! Warst du das?" Seine dunklen Augen sahen Benjamin durchdringend an.

„Ja … ich … es tut mir sehr leid. Ich weiß nicht, was ich falsch gemacht habe." Seine Stimme klang wirklich sehr schuldbewusst.

„Du hättest meine Sachen gar nicht anrühren dürfen", sagte Benjamin kühl. „Ich hab Stunden gebraucht, um diesen Bogen und den Pfeil zu machen." Er stieß mit dem Fuß gegen eine Holzdiele.

„Kann ich dir helfen, einen neuen zu machen?“, fragte Thomas.

„Niemals! Ich würde dir kein bisschen trauen“, antwortete Benjamin bitter.

Thomas fühlte sich unwohl. „Ich glaube, ich gehe dann mal nach Hause. Mama hat noch Arbeit für mich“, sagte er.

Als er nach Hause kam, sah Mutter überrascht von ihrem Teig, den sie gerade knetete, auf. „War Benjamin nicht zuhause?“

„D-d-doch.“ Und dann platzte alles aus ihm heraus. Er erzählte Mama, was passiert war. Dann sah er nachdenklich vor sich hin. „Benjamin hat Sachen genommen, die mir gehören – wie zum Beispiel das Shampoo. Warum war er dann so böse, dass ich seine Sachen angerührt habe? Ich hatte nicht vorgehabt, irgendwas kaputt zu machen.“ Thomas sah nach unten auf seine Schuhe.

„Schon“, sagte Mama mit enttäuschter Stimme, „aber warum hast du es angefasst?“

„Ich wollte sehr vorsichtig sein. Ich glaube … Ach, ich habe einfach nicht darüber nachgedacht“, versuchte Thomas zu erklären.

Mutter fuhr fort, den Teig zu kneten. „Du hattest genauso wenig das Recht, Benjamins Bogen anzufassen, wie er das Recht hatte, dein Shampoo zu verbrauchen. Ich hatte gehofft, dass du lernen würdest, wie wichtig es ist, den Besitz anderer Leute zu respektieren.“

Thomas räusperte sich. „Ich habe ihm gesagt, dass es mir leid tut, und hab ihm sogar angeboten, dass ich ihm helfen kann, einen neuen zu schnitzen. Aber er hat nur gesagt, dass er mir nicht mehr trauen kann." Thomas vergrub die Hände in seinen Hosentaschen.

In der Küche war es eine Weile sehr still. Die Uhr tickte laut. „Nun", sagte Mama schließlich, „ich finde, du solltest etwas von dem Geld nehmen, das du mit deinen Kaninchen verdient hast, und versuchen, die Sache mit Benjamin wieder gutzumachen."

„Aber ich hab ihn doch gefragt, ob ich ihm helfen soll, seinen Bogen wieder zu reparieren", verteidigte Thomas sich. Er wollte auf keinen Fall etwas von seinem hart verdienten Kaninchen-Geld ausgeben.

„Ja, aber das hat er abgelehnt", sagte Mutter. „Vielleicht würde er Geld annehmen. Du willst die Sache doch wieder gutmachen. Die Bibel lehrt uns, dass wir den anderen Leuten das tun sollen, was wir wollen, dass sie es uns tun. Hättest du es nicht gerne gehabt, dass Benjamin sich bei dir entschuldigt, weil er dein Shampoo verbraucht hat?"

Thomas schaukelte hin und her. Er fühlte sich nicht wohl in seiner Haut.

„Du wolltest den Bogen nicht kaputt machen", fuhr Mutter fort, „aber du solltest etwas, das einem anderen gehört, nicht ohne Erlaubnis anfassen. Ich weiß, dass es dir wehtut, Benjamin etwas von deinem Geld zu geben, aber ich hoffe, dass dieser Schmerz dir helfen wird, daran zu denken, dass du das Eigentum anderer Leute respektierst. Du darfst nicht aufgeben. Das Richtige ist, hinzugehen und die

Dinge gleich wieder in Ordnung zu bringen." Mutter knetete weiter an ihrem Teig.

Thomas drehte sich um und trottete nach oben. „Ich hol das Geld und dann geh ich gleich zu ihm." Er hatte einen Kloß im Hals. Es fühlte sich an, als würde er wirklich ein Opfer bringen, aber er wusste, dass es das Richtige war.

Im Handumdrehen war Thomas wieder in Benjamins Werkstatt. Benjamin war immer noch über seinen zerbrochenen Bogen gebeugt. „Es tut mir wirklich leid. Hier ist das Geld für den Schaden. Wie viel willst du haben?" Thomas' Stimme schwankte.

Benjamin schaute überrascht auf. „Ich will kein Geld. Ich hab drüber nachgedacht. Ich hab ja auch dein Shampoo verbraucht, gestern, als wir mit den Jungs schwimmen waren."

„Ja, aber ... aber", stammelte Thomas, „hier, nimm es." Er reichte ihm eine Fünfdollarnote und eine Zweidollarnote. „Ich hätte den Bogen nicht ohne deine Erlaubnis nehmen sollen. Ich werde mich besser fühlen, wenn ich die Sache in Ordnung gebracht habe."

Benjamin schüttelte den Kopf. „Nein, ich will kein Geld. Ich glaub, wir haben beide was falsch gemacht. Mama hat gesagt, ich soll den Rasen mähen. Willst du mir helfen?"

„Ja", sagte Thomas. Mit nachdenklich zusammengezogenen Brauen steckte er langsam sein Geld wieder in die Tasche.

„Ich hab auch was draus gelernt“, sagte Benjamin. „Komm, wir mähen den Rasen und dann können wir in den Wald gehen und schauen, ob wir einen Ast finden, aus dem wir einen stabileren Bogen machen können.“

„Gerne“, antwortete Thomas. „Ich krieg den Rasenmäher zuerst!“

Alles nun, was ihr wollt, dass die Leute euch tun sollen, das tut auch ihr ihnen ebenso.

Matthäus 7,1

Sarahs roter Wagen

(Anmerkung der Autorin: Die folgenden beiden Geschichten gehören zusammen. Sie sind mir selbst passiert, ungefähr im Abstand von dreißig Jahren. Den kleinen roten Spielzeugwagen habe ich bis heute.)

Die dreijährige Sarah saß auf der Treppe und lehnte gegen die Tür. Sie sah ihren Schwestern und Cousinen zu, die im Hof spielten. Aber sie war nicht glücklich.

„Komm, Sarah", rief ihre Schwester. „Wir spielen Wasserfarben. Das ist zu schwer für dich, aber du kannst mit mir spielen. Wenn ich dran bin, dann bist du auch dran."

Sarah zog einen Schmollmund. „Ich will nicht spielen. Ich will barfuß gehen." Sie sah die anderen Kinder an, die alle ihre Schuhe ausgezogen hatten.

Sarah stand auf, zog die Tür auf und ging hinein. „Mama", rief sie, „darf ich barfuß gehen?"

Mama sah traurig aus. Sie legte einen Arm um Sarahs Schulter. „Weißt du denn nicht mehr, warum du nicht ohne Schuhe gehen darfst?", fragte sie und sah in die großen Augen ihrer Tochter.

Sarah zog die Nase kraus. „Darf ich bitte nur einmal barfuß gehen", bettelte sie.

Mutter seufzte. „Das hast du schon hundert Mal gefragt. Ich würde dich ja gerne ohne Schuhe herumlaufen lassen“, sagte Mutter, „aber ich kann nicht. Ich fürchte, das würde deine Schmerzen schlimmer machen. Wir wollen doch, dass deine Schmerzen bald weg sind.“

Jede Nacht wachte Sarah mehrmals auf und schrie laut. Sie hatte Schmerzen, aber sie war zu klein, um ihren Eltern zu sagen, wo genau es weh tat. Eines Tages war sie beim Mittagsschlaf plötzlich weinend aufgewacht. „Mein Knie tut weh“, hatte sie gesagt.

Jetzt rollte eine dicke Träne über Sarahs Wange, als sie einsehen musste, dass sie nicht barfuß gehen durfte. Sie dachte an ihre Schmerzen. Aber es würde doch nicht wehtun, wenn sie einfach nur über das weiche Gras gehen würde, oder?

Mama nahm Sarahs Hand und führte sie nach draußen zu den anderen Kindern. Bald vergaß Sarah, dass sie ihre Schuhe anbehalten musste. Sie lachte, als jemand Wasser auf ihre und ihrer Schwester Hand spritzte, als sie die richtige Farbe erraten hatten. Sie war traurig, als ihre beiden Cousinen nach Hause gehen mussten.

Am nächsten Tag, als Mama aus der Stadt nach Hause kam, half Sarah mit ihren Geschwistern zusammen beim Auspacken der Taschen.

„Wartet mal“, sagte Mama. Sie schaute in eine von ihren schwarzen Plastiktaschen. „Hier ist es“, rief sie begeistert. „Es ist für dich, Sarah, weil du nicht barfuß gehen darfst. Du darfst nicht, weil du eine Krankheit hast, die der Doktor Gelenkrheumatismus nennt. Das ist ein schwerer Name, aber es bedeutet, dass du ganz steif werden kannst."

Sarah riss die braune Verpackung eilig auf. Ihre Augen wurden immer größer und größer. „Schau!", rief sie. „Das ist ein kleiner roter Wagen mit Klötzen drauf!"

Sie setzte den Wagen auf den Boden und begann ihn hin und her zu ziehen. Das machte Spaß!

Mutter ging zu Sarah und hob sie auf. „Komm ein bisschen auf meinen Schoß, während ich dir etwas erzähle", sagte sie. „Dieser Wagen ist nur für dich. Er gehört dir, weil du nicht barfuß gehen darfst. Die anderen dürfen ihre Schuhe ausziehen, weil es ihnen nichts tut. Aber für dich ist es gefährlich, auch wenn es sich angenehm anfühlt. Vater und ich haben darüber gesprochen und wir wollen nicht, dass du deswegen weinst und weiterhin darum bettelst, barfuß gehen zu dürfen."

Die anderen Kinder standen um sie herum und bestaunten Sarahs neuen Wagen. Mutter wandte sich jetzt an sie. „Wir wollen, dass ihr dankbar seid, dass ihr barfuß herumlaufen könnt. Es macht Spaß, aber wir dürfen nicht vergessen, Jesus für diesen Segen zu danken."

Sarah rutschte von Mutters Schoß. Sie war so glücklich über ihren neuen Wagen.

Am nächsten Tag, als die anderen Kinder wieder barfuß herumliefen, holte Sarah ihren kleinen roten Wagen. Zuerst zog sie den Wagen hin und her. Dann nahm sie die kleinen Holzklötze vom Wagen und baute auf dem Küchenboden

einen Turm daraus. Sie lachte laut. Dann lächelte sie ihre Mama an und sagte: „Ich mag das Geschenk.“

Mutter lächelte glücklich zurück. „Ich bin froh, dass dir der Wagen gefällt, Sarah, ich hoffe, er wird dir helfen, froh zu bleiben, wenn du etwas nicht tun kannst, was die anderen können. Wir wissen nicht, warum du so viele Schmerzen ertragen musst, aber wir wollen nicht, dass du irgendetwas tust, das es noch schlimmer macht. Verstehst du das? Es ist wirklich deshalb, weil wir dich lieben, deshalb müssen wir manchmal Nein sagen.“

Sarah nickte ernst und streichelte Mamas Hand. „Und ich lieb dich auch“, flüsterte sie und bückte sich wieder zu ihren Klötzen.

Wir wissen aber, dass denen, die Gott lieben, alle Dinge zum Besten dienen.

Römer 8,28

Ein Spaziergang und ein Regenschauer

„Aaron, kannst du mit mir eine Spazierfahrt machen?", fragte ich meinen elfjährigen Neffen. Meine Schwester hatte mich gerade in meinem Rollstuhl nach draußen gebracht. Der Himmel war düster und grau, und wirkte genauso trübe, wie ich mich fühlte. Ich sehnte mich nach einem erfrischenden Spaziergang.

„Mach ich", antwortete Aaron. „Wohin sollen wir gehen?" Ich habe Gelenkrheumatismus und meine Hände und Arme sind so steif und verkrüppelt, dass ich nicht einmal meinen eigenen Rollstuhl fortbewegen kann. Wie froh bin ich über so einen hilfsbereiten Kerl wie Aaron, der mich herumfährt!

„Wie wäre es, wenn wir zum Gewächshaus der Nachbarn gehen?", schlug ich vor. „Wir müssten dann entlang der Straße gehen, aber es ist ja nicht weit." Ich machte eine Pause. „Lass uns zuerst zum Stall gehen. Ich hab das neue Pony noch nicht gesehen."

„Hast du deinen Gurt um?", fragte Aaron.

Ich nickte. Ich wusste genau, warum er fragte. Es machte ihm Spaß, mich so richtig schnell zu fahren. Aaron war auf dem Bauernhof aufgewachsen, auf dem ich auch lebte und er wusste genau, wo meine Grenzen waren. Ich vertraute ihm, auch wenn ich laut „Stopp!“ schrie, wenn mir die Fahrt zu wild vorkam.

Am Eingang in den halbdunklen Stall trafen wir auf den neunjährigen David, der damit beschäftigt war, eine Schnur über die Futtertröge zu spannen. Die sechsjährige Anna war auch da. „Wir sind gekommen, um uns das Pony anzusehen“, meldete ich uns an.

„Hier ist es!“, rief Aaron und schob mich zu dem Pferdegatter. Ich wünschte, ich hätte die Hand ausstrecken und die weiche Nase des Ponys streicheln können. Aber für meine steifen Arme ist so etwas unmöglich. Ich sah den Kindern zu, wie sie liebevoll ihren neuen Freund namens Stern liebkosten.

„Stern hat eine gute Größe. Ich mag das, wie er seinen Hals beugt und dabei aussieht, als wäre er ziemlich verspielt. Schaut mal, wie gerne er losrennen würde. Man wird ihn jetzt schon zähmen müssen.“

„Wir haben ihn Stern genannt, weil er so einen weißen Fleck auf der Stirn hat.“ Davids große blauen Augen leuchteten.

Die Minuten eilten. Nach einer Weile sagte ich: „Nun gut, Aaron, wir sollten jetzt lieber zu dem Gewächshaus gehen.“

„Wir wollen mitgehen“, sagten David und Anna fast einstimmig.

Mit einem Stirnrunzeln fragte ich: „Was ist mit den schmutzigen Futtertrögen?“ Ich sah die Jungen an. „Ist heute nicht Samstag und sollt ihr sie nicht sauber machen?“

Aaron grinste verlegen und stieß mit dem Fuß nach einem Bündel Stroh. „Ich soll doch einen Spaziergang mit dir machen.“

„Schon“, rief ich, „aber ich kann warten. Ich schau gerne zu, wie ihr arbeitet.“ Es würde mir noch viel mehr Spaß machen, mit anzupacken und zu helfen, aber das war unmöglich für mich.

Ich saß steif und still da, aber meine Gedanken eilten umher. Ich erinnerte mich daran, wie ich auf meinen eigenen Beinen zum Stall gegangen war, als ich noch ein Schulmädchen war. Das waren wertvolle Erinnerungen, auch wenn ich so lange gegangen war, bis meine Füße vor Schmerzen gezittert hatten. Vor meinem geistigen Auge sah ich mich, wie ich mich erschöpft in einen Stuhl fallen ließ. Jetzt konnte ich überhaupt nicht mehr draußen herumlaufen. Nur im Haus, auf ebenen Flächen konnte ich das, wenn mir jemand half auf die Füße zu kommen. Und wenn ich daran dachte, dass ich als Kleinkind, bis drei Jahren, so gesund und normal gewesen war, wie jedes andere Kind, dann musste ich einen Kloß herunterschlucken.

Jetzt, viele Jahre später, gab es nur noch wenige Dinge, die ich selber machen konnte. Meine Krankheit schritt im Laufe der Jahre allmählich voran. Ich konnte niemals selber zur Schule gehen, noch hatte ich damals einen Rollstuhl gehabt. Mein Vater oder meine Schwestern hatten mich zur Schule gebracht und mich Mittags wieder abgeholt. Ich war nur halbtags zur Schule gegan-

gen, weil ich schnell müde wurde. Aber trotzdem hatte mir die Schule Spaß gemacht.

„Kann ich zu den Nachbarn mitgehen?“ Annas Frage weckte mich aus meinen Gedanken.

„Da musst du deine Mama fragen“, antwortete ich. „Und wenn du das machst, dann solltest du vorher noch dein schmutziges Gesicht waschen.“ Ich lächelte.

In einem Nu war Anna auf und davon. Und in einem Nu war sie auch schon wieder zurück und brachte die dreijährige Nancy mit sich. „Sie wollte auch mit und Mama sagte, sie darf, wenn wir sie in dem Wagen mitnehmen“, sagte Anna.

„Gut! Wir sind fertig, also lasst uns losgehen“, sagte ich energisch.

„Ich will den Rollstuhl zuerst schieben“, erklärte David.

„Nein, ich“, sagte Aaron, der mich schon zur Tür schob.

„Ihr könnt es abwechselnd machen“, sagte ich. Was für eine Mannschaft wir waren – vier Kinder, ich in meinem Rollstuhl, und ein Kinderwagen. Die Aufregung lag ja direkt in der Luft!

„Wir müssen vorsichtig auf dem Weg sein“, warnte ich. „Wir müssen auf den Verkehr achten, auch wenn es nur eine Seitenstraße ist.“

So rumpelten wir mit unseren Fahrzeugen den Weg entlang und lachten und erzählten dabei. Nach einer Weile wurde ich unruhig. Der Himmel verdunkelte sich plötzlich immer mehr. Mit einem Blick auf den regenschweren Himmel fragte ich zögernd: „Sollten wir nicht lieber nach Hause gehen?“ Aber dann überlegte ich weiter: „Ach nein, wir sind schon fast da, also gehen wir weiter.“

„Ich hab einen Regentropfen auf die Nase bekommen“, rief David aus.

Wir waren kaum durch die Tür des Gewächshauses gekommen, als der Regen zu prasseln anfing. „Ah!“, stieß ich aus, „wir haben es geschafft!“ Ich war froh, dass wir im Trockenen waren, fragte mich aber, wie ich wieder nach Hause kommen würde.

Eine ältere Frau erschien. „Ist es in Ordnung, wenn wir uns ein bisschen umschauen?“, fragte ich.

„Natürlich, gerne“, antwortete sie.

Was für einen atemberaubenden Anblick das Gewächshaus bot!

„Passt auf, dass ihr nichts kaputt macht“, ermahnte ich die Kinder. Ich zog es vor, in der Mitte des Raumes zu bleiben.

Es war ein großer Raum, mit vielen Gängen. Da gab es jede Menge grüner Pflanzen und viele Blumen, die in üppigen Farben blühten. Gott hat so viele wunderbare Dinge geschaffen. Meine Augen tranken so viel von dieser Schönheit, wie sie nur konnten. Ich hatte nur selten die Gelegenheit, zu diesem Gewächshaus zu kommen.

Der Regen hörte so schnell auf, wie er angefangen hatte. „Kommt, wir machen uns auf den Heimweg“, mahnte ich.

Als wir wieder zuhause waren, sagte ich: „Danke, Kinder. Ich freue mich sehr, wenn ihr mich zu einer Spazierfahrt mitnehmt. Und wie gut, dass der Regen aufgehört hat, so dass wir wieder nach Hause konnten."

Meine Schwester, die gerade aus dem Haus kam, sagte: „Ich helfe dir rein." Sie half mir, mich auf das Sofa in der Küche zu legen. „Na, war es eine gute Abwechslung?", fragte sie. „Ich bin so froh, dass du nicht durchnässt bist!"

„Ich auch! Wir hatten viel Spaß miteinander", erzählte ich, „aber jetzt brauche ich ein bisschen Ruhe, nachdem wir vor dem Regen davongelaufen sind." Meine Schwester zog meine Schuhe aus, deckte mich mit einer warmen Decke zu und überließ mich meinen Gedanken.

Wie dankbar bin ich für meine beiden ledigen Schwestern, die sich um mich kümmern! Und für meinen Papa, der immer noch eine starke Säule in meinem Leben ist. Ich vermisse Mutter, die schon zum Herrn gegangen ist. Es hat viel Schmerz und Leiden im Laufe der Jahre gegeben, aber mein Leben ist nicht nur voller Traurigkeiten. Gott hat mich reich gesegnet!

Die Kinder, mit denen ich den Spaziergang gemacht hatte, leben in dem Haus neben uns. Sie und viele andere Kinder sind eine Quelle des Segens in meinem Leben.

Ich holte tief Atem. Bald würde ich wieder jemanden rufen müssen, der mir half aufzustehen, damit ich weiter häkeln konnte. An irgendeinem anderen Tag würde ich wieder eine Geschichte schreiben. Als ich all diese Gnadengaben aufzählte, musste ich daran denken, dass mein Leben oft wie dieser Spaziergang zum Gewächshaus war. Da gab es bedrohende Wolken und Schauer, sogar Stürme von Schmerz und Trauer, aber da gab es auch Schutz, Schönheit und viele Segnungen.

(Anmerkung der Autorin: Diese Geschichte habe ich 1986 geschrieben. Heute kann ich überhaupt nicht mehr alleine gehen, aber ich mache immer noch sehr gerne Spaziergänge in meinem Rollstuhl.)

Lobe den Herrn, meine Seele, und vergiss nicht, was Er dir Gutes getan hat!

Psalm 103,2

Eine bessere Belohnung

Der neunjährige Samuel starrte aus dem Küchenfenster. Er war ganz fasziniert von dem seltsamen Anblick, der sich ihm draußen bot. Er konnte es kaum erwarten, die hohen Schneewehen zu sehen, in die der Wind in der vergangenen Nacht tiefe Furchen geweht hatte. „Schnell, Hanna“, rief er seine Zwillingsschwester. „Papa hat die Pferde schon draußen. Ich kann‘s kaum erwarten! Unsere erste Schlittenfahrt in diesem Winter!“

„Ja, Hanna, beeile dich“, sagte Mama, während sie dem Mädchen half, sich in ihre wärmsten Winterkleider zu zwängen. „Papa will in der Kälte nicht so lange warten. Ich frage mich, ob alle Kinder, die in den Hinterstraßen wohnen, heute durchkommen. Ihr werdet einfach schauen müssen, ob heute Schule ist oder nicht.“

„Aufwiedersehen“, riefen Hanna und Samuel und rannten nach draußen, wo der Schlitten schon auf sie wartete.

Samuel war überrascht, als er nach draußen kam. Die Schneewehen waren noch tiefer, als er gedacht hatte. Er trat genau in Vaters Fußstapfen, damit der Schnee nicht in seine Stiefel fiel. Hanna folgte ihm.

„Springt auf!“, sagte Papa. „Wir wollen nicht zu spät kommen. Bess und Bell wollen schon los!“

Papa klapste leicht mit den Zügeln auf die schwarzen Rücken der Pferde und sie sprangen mit einem Ruck los. „Ich hab hier einen Sitz festgemacht, damit ihr euch hinsetzen könnt. Ich selbst bleibe lieber stehen, damit ich alles besser überblicken kann, wenn wir durch die tiefen Schneewehen fahren."

Eine Windböe wirbelte wieder Schnee auf, der sie im Gesicht piekste. „Oh nein! Da kommt doch ein Sturm", rief Hanna.

„Schau mal auf die großen Schneewehen an der Straße. Der Wind hat eine Kruste drauf geweht", rief Samuel. Er zeigte auf den Weg und fragte: „Papa, was ist das für ein Junge, der da versucht, durch den Schnee zu kommen?"

„Er muss da wohl irgendwie steckengeblieben sein." Wenige Minuten später hielten sie neben dem städtisch aussehenden Jungen. Er hatte eine kurze grüne Jacke und eine grün gestreifte Bommelmütze an und zitterte vor Kälte.

Vater schob seinen Mantelkragen herunter und fragte: „Willst du mitfahren? Die Schneewehen sind ja höher als deine Schuhe. Und der Schnee ist nicht fest genug, um dich zu tragen."

Der Junge sah etwas schüchtern zu Vater hoch. „Unser … Papas Auto ist in einer großen Schneewehe auf der Straße hinten steckengeblieben. Er hat gesagt, ich soll zu dem Telefon am Ende der Straße gehen … schauen ob ich einen Abschleppwagen rufen kann … damit der uns rausziehen kann", stammelte er. „Ich … ich glaub, ich kann dahin laufen." Er sah sich um und dann wieder nach vorne mit einem hilflosen Ausdruck auf dem Gesicht.

„Ich denke, es ist besser, wenn du mit uns kommst. Wir bringen dich sicher dorthin", sagte Papa beruhigend.

Der Junge zog seine gestreifte Mütze tiefer über die Ohren, kam mit großen Schritten zum Schlitten und sprang auf.

„Ist alles in Ordnung?", fragte Papa.

Der Junge nickte.

„Ist dein Papa im Auto geblieben?"

„Ja, aber wir müssen zum Krankenhaus. Mama ist krank. Wir … wir können nicht weiter." Die Stimme des Jungen klang angespannt und verkrampft. „Wir wohnen in dem Wohnwagen hinten auf dem Feld."

„Wir helfen euch", antwortete Papa. „Samuel kann die Zügel halten und ich gehe solang telefonieren."

Der Junge mit der gestreiften Mütze verzog sein Gesicht zu einem erleichterten Grinsen. „Danke!"

Bald war der Anruf erledigt. Der Junge bedankte sich schüchtern bei Papa für seine Hilfe und machte sich wieder auf den Weg zurück zu seinem Vater.

Samuel saß den weiteren Weg sehr nachdenklich da. Papa hatte immer Zeit, um jemandem zu helfen, selbst wenn sie selber fast zu spät dran waren. Kleine Schneeflocken segelten immer noch durch die Luft. Im Sonnenlicht schimmerten sie silbrig.

Als sie an der Schule ankamen, kletterten die Kinder mit ihren Broteimern in der Hand vom Schlitten. Da er-

schien Sarah Yoder in der Tür des Schulhauses. „Wir haben heute keine Schule“, rief sie Papa zu, der an der Einfahrt wartete.

„Sind nicht genug Leute gekommen?“, fragte Papa.

„Ja, nur wenige“, sagte sie. „Außerdem hat der Nachbar gesagt, dass der Sturm noch nicht vorbei ist.“ Sarah war eines der größeren Mädchen und wohnte in der Nähe der Schule. Sie wartete hier, um denen, die kamen, zu sagen, dass heute kein Unterricht stattfinden würde.

Die Kinder rannten zum Schlitten zurück. Als sie sich ansahen, krauste Samuel die Nase. „Ich würde fast lieber heute Schule haben“, sagte er.

„Ich auch“, sagte Hanna. „Aber ein verschneiter Tag zuhause ist doch auch lustig. Ich frage mich, was wir den Tag machen können, wenn es so stürmisch ist.“

Auf dem Heimweg sagte Papa: „Ich würde gerne wissen, was aus dem Jungen und seinem Papa geworden ist. Es wundert mich schon, dass der Vater nicht selber telefonieren gegangen ist und stattdessen den Jungen geschickt hat.“

„Das hab ich auch gedacht“, sagte Samuel. „Ich wäre bestimmt nicht gerne alleine zu einem fremden Dorfladen gegangen um zu telefonieren.“

Vater blickte hinter seinem hochgestellten Kragen hervor. „Ich denke, wir fahren zurück und sehen mal nach, ob der Abschleppwagen schon gekommen ist. Wenn nicht, dann ...“ Vater ließ den Satz unvollendet.

„Das Auto ist immer noch da!“, rief Samuel, sobald sie das rote Wagendach sehen konnten.

„Was ist jetzt nur mit der kranken Mutter?“, fragte Hanna besorgt.

Vater trieb Bess und Bell etwas stärker voran. Wenige Minuten später waren sie am Auto angelangt.

„Ist der Abschleppwagen noch nicht gekommen?“, fragte Papa.

„Nein, und ich bin schon ganz ungeduldig. Ich hätte wissen müssen, dass sie an einem solchen Morgen besonders beschäftigt sein würden“, sagte der Mann und sah die Straße hinunter. „Normalerweise hätte ich zu dem Eckladen gehen und ein Taxi rufen können, aber der Schnee ist für die Krücken zu tief. Ich habe vor zwei Monaten mein Bein gebrochen“, erklärte er. „Und jetzt ist meine Frau schwer krank und wir müssen sie unbedingt ins Krankenhaus bringen.“

Vater kniff die Lippen zusammen, wie er es immer tat, wenn er nachdenken musste. „Nun, die Landstraße ist immer noch befahrbar, aber es ist schwer zu sagen wie lang. Ich denke auch, dass Sie so schnell wie möglich ein Taxi brauchen. Ich bringe Sie zum Laden, damit Sie eins bestellen können.“

Der Mann sah Vater dankbar an. „Ich heiße Jake Reily. Wir wohnen da hinten auf dem Wagenplatz“, sagte er, während er die Autotür aufstieß. „Ich bin so dankbar für Ihr Angebot. Komm, Billy“, rief er seinen Sohn.

Bald war der Anruf erledigt, aber Vater bestand darauf, mit Jake und Billy zu warten, bis das Taxi da war. Während er sich an den Schlittenrand lehnte, sagte Jake:

„Solange wir warten, lassen Sie uns abrechnen.“ Er zog seinen Geldbeutel heraus und sprach weiter: „Ich weiß, dass Ihre Hilfe mehr wert ist als Geld, aber wir wollen uns gerne revanchieren.“

Vater lächelte Jake an, schüttelte aber entschlossen den Kopf. „Wir wollen nichts, überhaupt nichts. Das war doch selbstverständlich.“

Jake sagte: „Aber wir wollen zahlen. Ach, da kommt ja das Taxi.“ Er streckte Vater einige Geldscheine hin, aber Vater lehnte ab.

„Ich hoffe, dass bei Ihnen alles klappt“, sagte er.

Jake schüttelte ungläubig seinen Kopf, während er das Geld zurück in den Geldbeutel steckte.

„Nun, vielen Dank“, rief er ihnen zum Abschied zu.

Hanna fragte neugierig: „Papa, warum hast du das Geld nicht genommen, obwohl du so viel Zeit verloren hast, weil du dem Mann geholfen hast?“

„Die Bibel sagt uns, dass wir anderen helfen sollen, ohne zu erwarten, dass wir etwas dafür bekommen. Und das hier war eine gute Gelegenheit, genau das zu tun.“ Vaters Blick schweifte über die verschneiten Felder.

„Wenn wir das machen, dann tun wir das in Wirklichkeit für Jesus, nicht wahr?“, fragte Samuel.

Vater nickte. „Das ist richtig. Und unsere Belohnung ist die Freude, die wir deshalb bekommen. Die ist viel mehr wert, als alles Geld.“ Vater schlug mit den Zügeln auf Bessies Rücken. Sie wurde immer langsamer, wenn sie eine Weile getrabt war.

Als sie nach Hause kamen, rannten die Kinder ins Haus. Sie stürmten hinein und begannen beide gleichzeitig der Mutter zu erzählen, was geschehen war.

„Oh!“, rief Mutter, sobald sie ein Wort dazwischen einschieben konnte. „Dann bin ich aber froh, dass Vater euch zur Schule gefahren hat. Dabei hat er diesen Mann und den Jungen gesehen, die Hilfe brauchten.“

Nach dem Mittagessen lag Samuel auf dem Sofa und starrte die Decke an. „Über was denkst du so angestrengt nach?“, fragte Mutter.

Samuel sah Mutter nachdenklich an. „Ich hab überlegt, was ich für jemand anderen tun kann, ohne dass ich etwas dafür erwarte.“

Mutter war ein bisschen überrascht.

„Papa hat gesagt, dass die Bibel uns sagt, dass wir das machen sollen. Er hat kein Geld von dem Mann angenommen, dem er geholfen hat.“ Samuel richtete sich auf.

„Das überrascht mich nicht“, antwortete Mutter, die gerade am Tisch saß und die Wäsche zusammenfaltete.

Da hatte Samuel plötzlich eine gute Idee und ein breites Lächeln erhellte sein Gesicht. „Ich könnte einen Kuchen backen für den alten Bob, der alleine in seiner Hütte lebt, oder? Auf dem Schulweg gehen wir immer bei ihm vorbei.“

Hanna sprang auf. „Au ja, ich will dir helfen. Können wir das heute machen und morgen ihm dann den Kuchen bringen?“

Mutter dachte etwas nach.

„Das wäre eine gute Beschäftigung für diesen stürmischen Nachmittag. Und ich bin sicher, dass Bob selten dazu kommt, sich etwas zu backen.“

Am nächsten Morgen waren Samuel und Hanna ganz aufgeregt, als es soweit war, dass sie ihren Kuchen zu dem alten Bob bringen sollten. Vorsichtig bahnten sie sich den Weg durch den Schnee, bis zu dem kleinen Pfad, der zu Bobs Haustür führte.

„Wen sehe ich denn da?“, rief der alte Bob und riss die Tür weit auf. „Kommt herein!“

„Wir sind auf dem Weg zur Schule“, antwortete Samuel. „Wir können nicht bleiben. Wir wollten Ihnen diesen Schokoladenkuchen bringen, den Hanna und ich für Sie gebacken haben.“

„Oh, so einen Kuchen habe ich schon furchtbar lange nicht gegessen. Vielen Dank! Dieser alte Mann hier ist ziemlich unbeweglich geworden und backt kaum mal etwas für sich selbst.“ Er griff in seine Tasche und zog einen Dollarschein heraus. „Da, nehmt das.“

Einen kurzen Augenblick war Samuel in der Versuchung, seine Hand auszustrecken, aber dann sagte er schnell: „Ich will nichts dafür.“

„Ich auch nicht“, sagte Hanna.

„Wir haben es nicht gemacht, um etwas dafür zu bekommen“, sagte Samuel mit einem breiten Lächeln, während sie sich wieder zum Gehen wandten.

„Nun denn“, sagte Bob, „vielen Dank. Ich schätze das wirklich sehr.“

Samuel und Hanna winkten dem alten Mann zum Abschied zu und machten sich weiter auf den Weg zur Schule. Eine Weile gingen sie schweigend neben einander her. Dann rief Samuel plötzlich aus: „Bin ich froh, dass ich das Geld nicht genommen habe! Wir haben es ja nicht deswegen gemacht. Als Bob uns bezahlen wollte, da hätte ich es fast genommen, wenn mir nicht eingefallen wäre, was Papa gesagt hat."

„Ich bin froh, dass es dir eingefallen ist", sagte Hanna. „Wir wollten es doch genauso wie Papa machen, ohne etwas dafür zu erwarten. Es ist doch wirklich so, wie Papa gesagt hat: Die Freude darüber ist viel mehr wert, als alles Geld, oder?"

Samuel nickte zustimmend. „Ja. Freude ist überhaupt die allerbeste Belohnung."

Tut Gutes und leiht, ohne etwas dafür zu erhoffen, so wird euer Lohn groß sein.

Lukas 6,35

Ein neues Spiel

Die neunjährige Ruth drückte den Wischlappen fest aus, bis kein Wasser mehr herauskam. Jetzt mussten sie und der siebenjährige Jakob die Eier aus dem Stall holen. Sie hatten dreihundert Hühner, deshalb gab es jeden Morgen eine stattliche Anzahl von Eiern zu sammeln.

Ruth nahm mehrere Körbe in den Stall mit. Jakob war wahrscheinlich schon dort. Sie wusste schon, welchen Korb sie nehmen wollte – den neuen. Er war heller als die meisten anderen Körbe und sah viel schöner aus.

Vorsichtig tappte Ruth mit ihren bloßen Füßen über den Kiesweg. Als sie in den Stall kam, sah sie, dass Vater und Mutter immer noch die Kühe melkten. „Ist Jakob hier?", fragte sie.

„Ich denke, er ist bald fertig mit dem Pferdefüttern", sagte Vater. „Kannst ihn ja rufen."

„Jaaaaaaa-kob!", rief Ruth. „Bist du bald fertig? Kommst du mit mir die Eier einsammeln?"

„Ich komme!", antwortete Jakob. Als er Ruth entgegen kam, hielt sie ihm den alten Eierkorb entgegen. Aber Jakob hatte etwas anderes im Sinn. Er streckte die Hand nach dem neuen Korb aus. Doch Ruth war schneller. Blitzschnell schnappte sie sich den neuen Korb und rannte davon, so dass für Jakob nur der alte Korb übrig blieb.

„Du nimmst immer die besten Sachen für dich selbst“, brummte Jakob.

„Und du machst immer so ein Theater deswegen. Nur deshalb denkst du, dass es immer so ist.“

Jakob antwortete nichts. Er ging einfach nur schweigend hinter Ruth zum Hühnerstall. Auch als Ruth darauf bestand, dass sie die Eier aus den oberen Nestern sammeln würde und er unten sammeln sollte, beschwerte er sich nicht. Er war daran gewöhnt, nachzugeben, wenn seine Schwester etwas verlangte. Aber er mochte es trotzdem nicht. Er hatte einfach keine andere Wahl.

Später am Abend hüpfte Ruth die Stufen zur Veranda hinauf. Vater saß auf der Schaukel und zog sich gerade die Schuhe aus. Er hatte seine Arbeit für diesen Tag beendet. „Ruth, komm setz dich mal neben mich“, sagte er und rückte zur Seite.

Ruths Herz machte einen Sprung. Es war immer etwas ganz besonderes, neben Papa auf der Schaukel zu sitzen, aber heute abends fühlte sie sich etwas schuldig. Sie dachte daran, wie herrisch sie sich gegenüber Jakob benommen hatte.

„Ruth“, begann Vater langsam. „Du bist unser ältestes Kind. Wir verlassen uns in vielen Dingen auf dich. Mutter und ich sind froh, dass wir in dir so eine Hilfe haben.“

Ruth strahlte. Aber dann wurde ihr klar, dass Vater sie nicht dazu hierher gerufen hatte, um sie zu loben. Er sprach weiter. „Aber wir haben in letzter Zeit bemerkt, dass du dich herrisch und selbstsüchtig gegenüber deinen jüngeren Geschwistern verhältst, vor allem zu Jakob. Du hast die Angewohnheit, immer die besseren Dinge für dich selbst zu nehmen."

„Aber Papa", verteidigte Ruth sich, „du weißt nicht, wie schlimm Jakob sein kann. Er macht immer so ein Theater wegen jeder Kleinigkeit."

„Ja, ich verstehe schon, dass zu einem Streit immer zwei Menschen gehören", sagte Vater. „Ihr braucht beide Hilfe in dieser Hinsicht. Aber du bist die Älteste. Mutter und ich haben beschlossen, bei dir anzufangen."

Ruths Herz klopfte schneller. Was würde Vater machen?

„Wir wollen, dass du in den nächsten drei Tagen Jakob gegenüber in allem nachgibst. Mach ein Spiel daraus. Immer wenn ihr die Eier holen müsst, gib ihm den schöneren Korb. Wenn ihr euch etwas teilen müsst, gib ihm das Stück, das er haben will. Wenn es Arbeit zu tun gibt, dann tue deinen Anteil und noch ein bisschen mehr." Vaters Augen zwinkerten ein bisschen und es klang, als würde er ein Spiel erklären.

Ruth lächelte. „Na gut, ich will es versuchen."

„Es wird nicht leicht werden", sagte Vater. „Ich weiß nicht, ob du selber merkst, wie oft du deinen Willen durchsetzt. Wenn die drei Tage um sind … nun, dann werden wir dir sagen, was der nächste Schritt ist. Aber sprich zu niemandem davon, außer zu Mama und mir. Das soll unser Geheimnis sein."

Ruth liebte Geheimnisse.

Vater erhob sich. „Morgen ist wieder Schule und ich kenne ein paar Kinder, die bald im Bett sein müssen."

Ruth war an diesem Abend überhaupt nicht müde. Sie wälzte sich noch lange im Bett herum. Welchen Unterschied würde es machen, wenn sie das Spiel spielte? Warum sollte sie in allen Dingen Jakob nachgeben? Würde das nicht ungerecht sein? Aber es war ja nur für drei Tage. Und was dann? Vater hatte ihr nicht gesagt, was der nächste Schritt wäre. Würde dann Jakob dran sein, drei Tage lang ihr gegenüber nachzugeben?

Schließlich schlief Ruth ein.

Am nächsten Morgen rannten Ruth und Jakob die Treppe herunter. „Guten Morgen, Kinder!", rief Mutter. Sie zog gerade das Baby an. Josef und Marianne saßen auf dem Sofa und zogen sich an.

„Ich krieg meine Strümpfe nicht an", klagte Josef.

„Ich kann mein Kleid nicht zuknöpfen und ich will mit Ruth in den Stall gehen", schmollte Marianne.

„Ruth wird dir helfen", sagte Mutter sanft. „Jakob, du kannst schon mal anfangen, die Pausenbrote zu machen. Hol die Pauseneimer und bring ein paar Äpfel aus dem Keller."

Ruth wollte schon protestieren. Sie wollte lieber die Pauseneimer packen und Jakob sollte stattdessen den Kleinen helfen. Er konnte nicht so gut Brötchen schmieren, wie sie. Aber dann fiel ihr gerade rechtzeitig das Spiel ein. Sie musste Jakob tun lassen, was er lieber wollte, vor allem weil Mutter es ihm auch aufgetragen hatte. Sie biss sich auf die Lippen und half Marianne schnell, ihr Kleid zuzuknöpfen. Dann half sie Josef mit seinen Strümpfen und Schuhen.

Da kam Jakob auch schon die Treppe herauf, in jeder Hand einen Apfel. Ruth sah auf den ersten Blick, dass der eine Apfel viel größer und röter war, als der andere. Und natürlich legte er den schönsten Apfel in seinen eigenen Pauseneimer.

Ruth dachte gerade noch rechtzeitig an die Abmachung. Sie sagte kein Wort, aber bei sich selbst dachte sie: „Das hat er extra gemacht. Warum konnte er nicht zwei gleich gute Äpfel holen?“ Aber dann dachte sie schuldbewusst daran, dass sie genau das Gleiche in den vergangenen Tagen gemacht hatte – sie hatte sich selbst den besten Apfel genommen und Jakob den kleineren gegeben. „Naja, vielleicht sind die kleineren Äpfel auch gut“, sagte sie sich.

Ruth und Jakob gingen an ihre Aufgaben. Beim Frühstück sagte Papa: „Die Kinder können heute mit mir zur Schule mitfahren. Ich muss sowieso dort vorbeifahren.“

Beide Kinder freuten sich. Ruth sagte: „Die Pausenbrote sind noch nicht fertig. Ich hab sie noch nicht geschmiert.“

„Du kannst es gleich nach dem Frühstück machen“, sagte Mama.

Sobald sie mit dem Frühstück fertig waren, lief Ruth, um den Käse zu holen. Es waren nur noch zwei Stücke übrig. „Hmmmm“, dachte sie. „Jakob will zwei Brote haben und ich nehm eines. Er kann den Käse haben. Ich nehm Erdnussbutter." Allein bei dem Gedanken lief ihr das Wasser im Mund zusammen. Sie beide mochten Erdnussbutter für ihr Leben gern.

Ruth machte zwei Käsebrote für Jakob und legte sie in seinen Pauseneimer. Dann schmierte sie Erdnussbutter auf ein Brot. Sie war gerade dabei, das Erdnussbutterbrot in ihren Eimer zu packen, als Jakob vorbeikam. „Hmmm, lecker, Erdnussbutter", sagte er.

„Aber du kriegst keine", sagte Ruth schnell. „Du hast Käse, aber da war nicht mehr genug für mich. Du hast die zwei letzten Stücke bekommen."

„Das ist ungerecht", sagte Jakob. „Ich will auch Erdnussbutter haben."

Ruth presste die Lippen zusammen und schubste Jakob weg. Und dann fiel ihr plötzlich das Spiel ein. Sie schluckte und sagte dann: „Na gut. Du kannst ein Käsebrot und eins mit Erdnussbutter haben. Ich nehm dann das andere Käsebrot." Sie tauschte schnell die Brote und musste dabei lachen, als sie das überraschte Gesicht von Jakob sah. Jakob schien ihr seltsames Verhalten überhaupt nicht zu verstehen.

Wie immer nahmen Ruth und Jakob ihre Baseballhandschuhe mit zur Schule. Ruth überlegte, welchen sie nehmen sollte. Der eine war nämlich größer und besser als der andere. Am Anfang des Schuljahres hatten sie sich oft gestritten, wer den besseren Handschuh nehmen durfte. Aber dann hatte Jakob nachgegeben, weil Ruth gesagt hatte, dass sie älter war und deshalb den größeren Handschuh haben musste. Aber Vater hatte bei dem Spiel bestimmt nicht gemeint, dass sie in einer Sache nachgeben musste, um die Jakob sie gar nicht gebeten hatte.

Den ganzen Vormittag kämpfte Ruth mit sich selbst. In der ersten Pause hatte sie sich immer noch nicht entschlossen, aber da Jakob nichts gesagt hatte, benutzte sie einfach den Baseballhandschuh, den sie von Anfang an für sich beansprucht hatte. Aber die Sache ließ sie nicht in Ruhe. Sie hatte das Gefühl, dass sie sich nicht ganz an Vaters Spielregeln hielt.

In der Mittagspause ging Ruth zu Jakob rüber. „Hier, du kannst den neuen Baseballhandschuh benutzen“, sagte sie. „Heute bist du dran.“

Jakob blieb vor Überraschung der Mund offen stehen. Ruth rannte zurück zu den anderen Mädchen und war froh, dass der entscheidende Augenblick hinter ihr lag. Der andere Handschuh war auch ganz in Ordnung. Ruth beschloss, sich von jetzt an mit Jakob abzuwechseln.

Heute war die Schule früher aus, weil am Nachmittag eine Elternversammlung stattfinden sollte. Um 14 Uhr strömten die Kinder aus den Klassenräumen und gingen in Grüppchen jeder in seine Richtung nach Hause.

Ruth ging mit den anderen Mädchen bis zu der Kreuzung. Dort wartete sie auf Jakob. Sie wusste, dass Jakob immer gerne im Sandkasten spielen wollte, wenn sie außerplanmäßige freie Zeit hatten, so wie heute. Heute würde sie zuerst vorschlagen, dass sie zusammen im Sandkasten spielten. Sie lächelte vor sich hin.

Da kam Jakob auch schon angelaufen. „Tut mir leid, dass du warten musstest", keuchte er und erwartete eine Strafrede von Ruth.

Ruth lächelte ihn an. „Sollen wir heute nachmittags Sandburgen bauen?"

Jakob war ganz überrumpelt. „Aber … Ruth … warum bist du so seltsam … so nett heute?", fragte er.

Ruth kicherte nur still vor sich hin. „Das bildest du dir nur ein."

„Nein, tu ich nicht", beharrte Jakob. „Ich mach keine Witze. Du bist anders. Was ist los?"

„Das darf ich nicht sagen", erwiderte Ruth. „Zumindest jetzt noch nicht." Dann liefen sie fröhlich nach Hause.

An diesem Abend, als Ruth Vater half, die Schweine zu füttern, konnte sie sich nicht mehr zurückhalten und erzählte ihm von ihren Abenteuern. „Weißt du was? Jakob hat gemerkt, dass ich anders bin und hat mich gefragt, warum", erzählte sie.

Vater lachte: „Ich weiß. Jakob hat mich auch gefragt. Er will auch bei dem neuen Spiel mitmachen. Er sagt, dass Leben ist viel schöner, seit du so nett, liebevoll und rücksichtsvoll bist."

Ruth wurde rot. Sie schämte sich, dass sie Jakob bisher das Leben so schwer gemacht hatte. Sie hatte sich selbst damit ja auch nicht glücklich gemacht.

„Du wirst merken, dass Jakob nicht mehr diese Abwehrhaltung haben wird, und dass er selbst auch rücksichtsvoller wird", sprach Vater weiter. „Die Bibel lehrt uns: Je mehr wir freiwillig bekommen, desto mehr geben wir auch weiter. Aber das funktioniert auch andersrum. Wenn wir aus freien Stücken geben, dann bekommen wir auch viel mehr aus freien Stücken."

Ruth dachte noch eine ganze Weile darüber nach. Noch vor einem oder zwei Tagen hätte sie es nicht geglaubt, aber jetzt wusste sie, dass es stimmte. Das neue Spiel hatte sie genau das gelehrt.

> Tut nichts aus Selbstsucht oder nichtigem Ehrgeiz, sondern in Demut achte einer den anderen höher als sich selbst. Jeder schaue nicht auf das Seine, sondern jeder auf das des anderen.
>
> *Philipper 2,3-4*

Die hässliche Raupe

Peter hatte sich im Wohnzimmer auf dem Fußboden mit seinem Malbuch und seinen Buntstiften ausgebreitet. Er kratzte sich am Kopf und überlegte, mit welcher Farbe er den Schmetterling anmalen sollte. Susanne, die zwei Jahre jünger war, malte neben ihm eifrig an.

In dem Augenblick rief Mutter aus der Küche: „Peter, komm bitte mit mir in den Garten, wir müssen Karotten für das Abendessen ausgraben!“

Peter sprang auf. Er hatte gerade wirklich Lust auf etwas anderes und außerdem ging er immer gerne in den Garten.

Mutter begann im Karottenfeld zu graben. Peter fing auch an. Plötzlich rief er: „Ein Wurm, Mama schau mal, da ist ein Wurm!“ Er wich ein ganzes Stück zurück. „Diese Raupe sieht soooo eklig aus! Ich frag mich echt, warum Gott Würmer geschaffen hat!“

„Man braucht keine Angst vor ihnen zu haben. Weißt du, dass dieser Wurm zu einem wunderschönen Schmetterling werden wird?“, fragte Mutter.

„Nein“, rief Peter, während er wieder zum Feldrand zurückkehrte. Er wollte noch einen Blick auf die dicke Raupe werfen. Diese gelb-grün gestreifte Kreatur sah überhaupt nicht schön aus.

Mutter fragte: „Willst du ein Glas aus dem Keller holen und die Raupe hineinlegen? Dann können wir sie mit reinnehmen und sie in ihren verschiedenen Phasen beobachten."

„Du meinst, dann können wir sehen, wie ein Schmetterling daraus wird?"

„Ja, genau."

Ohne ein weiteres Wort zu sagen, rannte Peter ins Haus. „Susanne, hilf mir ein passendes Glas zu suchen", rief er aufgeregt. „Wir legen eine Raupe in das Glas und Mama sagt, dass wir dann zuschauen können, wie daraus ein Schmetterling wird." Peter war bereits im Keller.

„Ein Schmetterling?", rief Susanne überrascht.

Bald rannten die beiden zusammen wieder in den Garten.

Mutter sagte: „Ihr müsst erst einen Zweig in das Glas legen, damit die Raupe etwas Festes hat, worauf sie sich verpuppen kann."

Peter befolgte Mamas Anweisungen genau. Susanne beobachtete ihn mit großen Augen. Dann pflückte er das Karottenkraut, auf dem die hässliche Raupe saß, und ließ es in das Glas gleiten.

„Jetzt kannst du es in die Werkstatt mitnehmen und dort einen Hammer und einen Nagel suchen. Du musst ein paar Löcher in den Deckel machen, damit die Raupe atmen kann." Mutter grub weiter Karotten aus.

In der Werkstatt fand Peter bald einen Nagel und einen Hammer. „Susanne, ich kann es kaum erwarten, bis dieses hässliche Ding zu einem Schmetterling wird."

Susanne hüpfte neben ihm auf und ab. „Wie sollen wir unser Haustierchen nennen?“

Peter schaute die Raupe an und konnte nur daran denken, wie hässlich er sie fand. „Wir nennen sie einfach Pfeffer.“

In den nächsten Tagen beobachtete Peter die Raupe. Jeden Tag gab er ihr Blätter zu fressen. Eines Morgens rief Peter: „Mama, schau! Was macht die Raupe?“

Mutter schaute sich die Raupe an. „Sie benutzt ihre Spucke, um sich ein seidenes Nest auf dem Ast zu spinnen. Jetzt wird sie sich bald verpuppen.“

In den folgenden Tagen war Peter ganz aufgeregt. Die Raupe sah gar nicht mehr wie ein Wurm aus. Jetzt war da eine Schale, in der das Tierchen drin war. Er hatte in einem Buch gelesen, dass die Puppe nichts isst und nichts macht. Außerdem hatte da noch dringestanden, dass die Puppe sich in zehn Tagen verändern würde, aber dass es gewöhnlich noch länger dauerte, bis sie schlüpfen würde.

Gerade als Peter dachte, dass die Raupe immer gleich bleiben würde, sah er eine Veränderung. „Mama, komm schnell und schau! Die Puppe ist nicht mehr grün. Sie ist viel dunkler als vorher!“

Mutter sah sich die Puppe an und dann lächelte sie. „Halte sie ans Licht, Peter“, sagte sie. „Da siehst du das schwarz-orangefarbene Muster eines Schmetterlingsflügels.“

Susanne kam angerannt und zusammen besahen sie sich die Puppe ganz genau. „Sieht aus wie eine ganz dünne Schale“, sagte Susanne.

„Ja, stimmt“, sagte Mutter, „die Schale ist durchsichtig, deshalb können wir durchgucken. Wenn der Schmetterling zu groß für die Schale wird, dann wird sie platzen und der Schmetterling hinauskrabbeln.“

„Ich kann es kaum noch erwarten, den Baby-Schmetterling zu sehen!“, rief Susanne und klatschte in die Hände.

Mutter lächelte und schüttelte den Kopf. „Es gibt keine Baby-Schmetterlinge, Susanne. Wenn der Schmetterling schlüpft, ist er schon voll ausgewachsen. Monarch-Schmetterlinge haben alle die gleiche Größe. Vielleicht hast du mal andere Schmetterlinge gesehen und gedacht, dass es Babys sind, weil sie so klein sind. Aber das waren einfach nur eine andere Art von Schmetterlingen.“

„Ich habe kleine gelbe Schmetterlinge gesehen“, sagte Peter, „werden die auch nicht größer?“

„Hast du schon mal große Schmetterlinge in der gleichen Farbe gesehen?“, fragte Mutter.

„Nein, ich glaub nicht“, sagte Peter nachdenklich.

Am nächsten Tag sah die Puppe immer noch genauso aus, nur das Muster trat noch etwas deutlicher hervor. „Wird der Schmetterling heute schlüpfen?“, fragte Peter.

„Ich weiß nicht“, antwortete Mama. „Wir müssen abwarten und sehen.“

Das Warten fiel Peter schwer. „Vielleicht ist der Schmetterling tot und wird gar nicht schlüpfen“, sagte er besorgt.

„Warte noch ein bisschen“, tröstete Mama ihn. „Die Natur ist nicht in Eile. Der Schmetterling wird dann schlüpfen, wenn die richtige Zeit für ihn gekommen ist.“

Eines Morgens ging Peter wieder zum Fenster, um die Puppe zu beobachten. Er stieß einen Schrei aus und rannte, um Mama zu holen. Er war so aufgeregt, dass er kaum sprechen konnte. „Der Schmetterling, der Schmetterling!“, war alles, was er herausbrachte.

Mama und Susanne eilten zusammen mit Peter zu dem Glas, in dem die Puppe war.

„Kommt, wir bringen es raus auf die Veranda“, schlug Mama vor. Sie nahm das Glas und trug es vorsichtig nach draußen. Dann öffnete sie es und zog den Zweig vorsichtig heraus. Ein glänzendes Lebewesen klebte von außen an der Puppenschale. Mama legte den Zweig auf die Fensterbank.

„Mama, er ist verkrüppelt“, rief Peter. „Die Flügel sind so klein und verknittert, und es sind nur zwei, statt vier!“

Und dann, wie als Antwort auf Peters Sorge, geschah etwas Wunderbares direkt vor ihren Augen. Die Flügel entfalteten sich und gingen auseinander, und dann saß ein großer Schmetterling vor ihnen. Peter und Susanne konnten kein Wort herausbringen. Sie schauten und schauten und wagten kaum zu atmen. Schließlich sagte Susanne: „Er ist so hübsch … so schön und glänzend.“

„Ja, das ist er“, sagte Mama. „Gott hat die Monarch-Schmetterlinge sehr wunderschön gemacht.“

„Vielleicht deshalb, weil die Raupe so hässlich ist“, sagte Peter. „Der Schmetterling muss erst mal eine hässliche Raupe sein, bevor er ein hübscher Schmetterling werden kann.“

Mama lächelte. „Wir dürfen den Schmetterling nicht berühren“, sagte sie. „Sonst machen wir seine Flügel kaputt und dann kann er nicht fliegen.“

„Warum fliegt er jetzt nicht weg?“, fragte Susanne.

„Seine Flügel müssen erst trocknen“, sagte Mama. „Und wenn du aufpasst, dann wirst du bald auch sehen, wie etwas anderes passiert.“ Sie ermahnte die Kinder noch einmal, den Schmetterling nicht zu berühren und ging dann wieder ins Haus an ihre Arbeit.

Peter und Susanne blieben bei dem Schmetterling. Einige Male dachten sie, dass er wegfliegen würde, aber er bewegte nur seine Flügel sehr langsam vor und zurück.

„Iii, schau mal, was ist das?“, rief Susanne und machte eine Grimasse. Ein großer Tropfen brauner Flüssigkeit bildete sich auf dem Körper des Schmetterlings und tropfte herunter auf die Fensterbank. Die Kinder rannten zu ihrer Mutter, um es ihr zu erzählen.

„Ja, es wird noch eine ganze Menge solcher Tropfen geben“, erklärte Mama. „Ich kann nicht erklären, warum, aber der Körper des frisch geschlüpften Schmetterlings ist mit dieser braunen Flüssigkeit gefüllt. Er muss sie loswerden, damit er fliegen kann. Ich habe früher schon Monarch-Schmetterlinge schlüpfen gesehen.“

Den ganzen Vormittag saß der Schmetterling auf der Fensterbank. Hin und wieder spannte er seine Flügel, als würde er losfliegen wollen. Und immer wieder tropfte ein Tropfen brauner Flüssigkeit von ihm herunter.

„Ich wünschte, der Schmetterling würde fliegen“, sagte Susanne. „Wir werden bald Mittag essen müssen. Was, wenn er dann wegfliegt, während wir weg sind, und wir es nicht sehen?“

„Du hast ja schon andere Schmetterlinge fliegen gesehen“, sagte Peter. „Dieser eine wird genau wie die anderen aussehen.“

Genau in dem Augenblick kam Mama heraus auf die Veranda, um nach ihnen zu sehen. „Ich brauche jemanden, der den Tisch deckt und jemanden, der auf das Baby aufpasst“, sagte sie.

Susanne wollte gerade widersprechen, als der Schmetterling plötzlich seine Flügel schneller bewegte als vorher. Und dann, direkt vor ihren Augen, flog er hoch! Er setzte sich auf das Geländer der Veranda, blieb aber nur wenige Sekunden dort. Dann flog er durch den Garten und verschwand aus ihrer Sicht.

„Gut!“, sagte Mutter. „Jetzt werde ich die Hilfe bekommen, die ich brauche.“

„Ich spiele mit Baby Paul“, bot Peter an. Er hatte ein glückliches Gefühl im Herzen. Er wusste, dass er die Puppe vermissen würde, die er in den vergangenen Wochen so nahe beobachtet hatte. Aber er war froh, dass der Schmetterling geschlüpft und ausgeflogen war.

„Ich bin froh, dass Gott Schmetterlinge geschaffen hat“, sagte er nachdenklich.

„Ich auch“, echote Susanne.

„Ich auch“, sagte Mama. „Und ich bin froh, dass du die hässliche Raupe, die du im Garten gefunden hast, nicht getötet hast. So hattest du die Gelegenheit, eines von den Wundern der Schöpfung zu beobachten."

Peter war auch froh, dass er die hässliche Raupe nicht getötet hatte, weil er damit auch einen schönen Schmetterling umgebracht hätte. Schmetterlinge sind wirklich eines von Gottes vielen Wundern.

Wunderbar sind Deine Werke, und meine Seele erkennt das wohl!

Psalm 139,14

Miriams Zeugnis

Miriam holte eine Glasschüssel aus dem Becken. Sie trocknete gerade das Geschirr ab. „Heute ist so ein schöner Abend!“, rief sie und strich sich eine schwarze Locke aus der Stirn. „Schau, die Zwillinge spielen fangen.“ Sie wies mit dem Finger aus dem Fenster. Mutter sah von der Pfanne auf, die sie gerade schrubbte.

Miriam räusperte sich und sagte: „Ihnen fällt das Lernen so leicht. Wenn sie einen Test schreiben, dann lernen sie zwar, aber sie müssen sich dabei lange nicht so viel Mühe geben, wie ich.“

„Gott hat uns verschiedene Gaben gegeben und Er erwartet von uns nicht mehr, als wir tun können. Ist das nicht wunderbar?“, fragte Mutter.

Miriam nickte langsam. „Ja, schon. Ich geh trotzdem gern zur Schule, obwohl es schwer ist.“

Mutter zog den Pfropfen aus der Spüle und ließ das Wasser hinauslaufen. „Würdest du mir helfen, das Unkraut in dem Blumenbeet zu jäten? Wir könnten uns dabei noch weiter unterhalten.“

„Ja“, antwortete Miriam. „Das macht mir viel mehr Spaß, als Hausaufgaben. Ich bin froh, dass das Schuljahr bald zuende ist und wir dann Sommerferien haben. Dann kann ich jeden Tag mit dir in der Küche und im Garten arbeiten.“

Draußen im Garten sagte Mutter: „Du kannst von jener Seite des Beetes beginnen, und ich von dieser."

Miriam beugte sich über das Beet und begann, das Unkraut auszureißen. Sie dachte gerade darüber nach, wie weit sie kommen würde, als ihre Mutter ihre Gedanken unterbrach: „Du musstest dies Schuljahr hart arbeiten, um gut mitzukommen. Wenn Fräulein Weber beschließt, dass du die vierte Klasse wiederholen musst, dann wäre es gut, wenn du das als einen guten Weg annimmst, der dir helfen soll, in deiner restlichen Schulzeit besser zurechtzukommen."

Miriam verspürte einen Kloß im Hals. „Oh, das wäre aber schlimm! Ich mag kein Versager sein. Wenn ich nicht in die fünfte Klasse komme, dann hab ich mich ja umsonst angestrengt!" Miriams Hände arbeiteten immer schneller.

„Ja", antwortete Mutter sanft. „Aber es ist niemals umsonst, wenn wir uns angestrengt und unser Bestes gegeben haben."

„Ich werde trotzdem ein Versager sein, wenn ich die Klasse nicht schaffe", sagte Miriam ernst.

„Nein", erwiderte Mutter, „vielleicht ist es besser für dich, wenn du die vierte Klasse nochmal wiederholst. Die fünfte Klasse wird besonders schwer, wenn schon die vierte Klasse so schwierig war. Es wird dir in der Schule besser gehen, wenn du das wiederholst, was du schon gelernt hast. Dann wirst du auch in der Lage sein, die fünfte Klasse zu schaffen und dann werden dir dadurch hoffentlich auch die weiteren Klassenstufen nicht so schwer fallen. Nein, es wird mit Sicherheit kein Versagen für dich sein, wenn du jetzt noch nicht in die fünfte Klasse kommst."

Miriam ging in die Hocke und betrachtete das Blumenbeet vor sich. „Ist das gut genug, Mama?"

Mutter kam zu ihr herüber, um Miriams Arbeit zu begutachten. „Sehr gut! Ich denke, es ist genug für heute abend."

Miriam fühlte sich ermutigt. „Wenigstens gibt es einige Dinge, die ich gut machen kann, wenn es auch nicht die Hausaufgaben sind."

„Das stimmt", sagte Mutter. „Es freut mich, wenn du diese Einstellung dazu hast."

„David und Daniel!", rief Mutter. „Zeit, ins Bett zu gehen!"

Als Miriam im Bett lag, stürzten die sorgenvollen Gedanken wieder auf sie ein. Sie drehte und wälzte sich im Bett. Dann dachte sie an Mamas ermutigende Worte. „Du bist keine Versagerin, auch wenn du nicht in die fünfte Klasse versetzt wirst." Sie wiederholte die Worte immer wieder. „Es ist niemals umsonst, wenn wir uns angestrengt und unser Bestes gegeben haben."

Am nächsten Tag sagte Fräulein Weber zu Miriam, dass sie in der Pause zu ihr kommen sollte. Miriam fragte sich, was Fräulein Weber wohl von ihr wollen würde. Die Schüler waren kaum aus dem Klassenraum hinaus, da huschte Mirjam wieder hinein.

Fräulein Weber sagte: „Bevor du dein Zeugnis bekommst, wollte ich dir etwas sagen. Es tut mir leid, aber ich fürchte, du wirst die vierte Klasse wiederholen müssen. Ich weiß, dass jeder in die nächste Klassenstufe versetzt werden möchte, aber wenn du die vierte Klasse wiederholst, wirst du es nicht nur in der fünften, sondern auch in den weiteren Klassen leichter haben. Jetzt sind nur noch zwei Schultage übrig geblieben. Genieße sie!"

Miriam trat von einem Fuß auf den anderen und sah auf den Boden. Dann hob sie langsam ihre Augen zu Fräulein Weber. „Danke, dass Sie es mir vorher gesagt haben."

„Du kannst wieder spielen gehen", sagte Fräulein Weber.

Als der letzte Schultag kam, klopfte Mama Miriam ermutigend auf die Schulter, während sie sich fertigmachte. „Ich werde heute ganz besonders für dich beten. Du wirst dein Zeugnis tapfer in Empfang nehmen. Denk einfach daran, dass du keine Versagerin bist."

Miriam winkte zum Abschied. Sie konnte nichts dagegen tun, dass ihr ein paar Tränen in die Augen traten. Schnell rannte sie die Treppenstufen herunter, den Zwillingen hinterher.

Als die Zeugnisse in der Schule ausgeteilt wurden, zog Miriam ihres langsam aus dem braunen Umschlag. Da stand „Klassenstufe Vier" an der Stelle, wo bei allen anderen Klassenkameraden „Fünf" stehen würde. Da bemerkte sie eine Notiz von Fräulein Weber. Sie schrieb: „Miriam, es war eine Freude, mit dir zu arbeiten. Danke für deine Bereitwilligkeit. Ich weiß, dass du dich aufrichtig bemüht hast. Ich werde deine Anstrengungen nicht so bald vergessen. Gott segne dich!"

Miriam wurde es warm ums Herz. Also wusste Fräulein Weber, dass sie sich angestrengt hatte, und sie sagte sogar, dass es ihr eine Freude gewesen war, mit ihr zu arbeiten. Miriam schob das Zeugnis wieder in den Umschlag. Seltsamerweise war sie trotz allem froh. Dann dachte sie wieder an Mamas Worte: „Du bist keine Versagerin. Gott gibt uns allen verschiedene Gaben.“

Alles, was deine Hand zu tun vorfindet,
das tue mit deiner ganzen Kraft.

Prediger 9,10

Eine neue Idee

„Soll ich noch irgendetwas machen?“, fragte Martha.

Mutter sah von dem Strumpf auf, den sie gerade stopfte. „Du darfst jetzt gehen. Danke für deine Hilfe.“

Martha schnappte sich ihr Buch und huschte durch die Hintertür hinaus. Endlich konnte sie sich in den Schatten unter den Ahornbaum setzen. Ihr Geschichtenbuch nahm ihre Aufmerksamkeit eine ganze Weile lang gefangen. Bald wanderten ihre Gedanken zu der neuen Idee, die ihr kürzlich in den Kopf gekommen war. Ihr machte es Spaß, sich neue Sachen auszudenken. Und sie überraschte gerne ihre Familie mit ihren interessanten Ideen.

Diesmal kreisten ihre Gedanken um das aufregende Abenteuer, das sie erleben würde, wenn sie den großen schwarzen Regenschirm als Fallschirm benutzen würde. Sie hatte über Fallschirme gelesen und war sich ganz sicher, dass ein Regenschirm es auch tun würde. Das Dach des Hühnerstalls war wie geschaffen, um davon herunterzuspringen. Es war nicht sehr hoch und der Sprung würde nicht gefährlich sein. Der Schirm würde sie langsam und sanft auf die Erde gleiten lassen. Sie würde ihn beim Sprung öffnen. Martha war schon ganz aufgeregt. Sie sah sich um. Die Sonnenstrahlen schienen durch das dichte Laub des Baumes. Mama legte jetzt bestimmt gerade die Kleinen

zum Mittagsschlaf hin und Papa war mit den drei Großen zu Opa gegangen, um bei ihm einige Dinge im Haus auszubessern. Nur ihr ältester Bruder Peter war zuhause und er war gerade nicht hier draußen, um nach ihr zusehen. Eifrig sprang Martha auf die Füße.

In der Besenkammer fand sie den großen Regenschirm, den sie suchte. Ganz leise schlich sie sich wieder aus dem Haus.

Ihr Herz klopfte wie wild, als sie auf das Dach kletterte. Ihre Bedenken schob sie beiseite, bei dem Gedanken, wie sie ihre neueste Idee umsetzen würde. Wie aufregend würde es sein, wenn sie den anderen heute nachmittags von ihrem Fallschirmsprung erzählen würde!

Martha hielt den Atem an. Sie sprang! Und sie landete mit einem Ruck unsanft auf der Erde.

„Oh!“, schrie Martha. Der Schirm hatte nicht funktioniert! Er hatte sie überhaupt nicht getragen. Ihr Sturz nach unten war so, als wäre sie ganz ohne Schirm gesprungen.

Martha versuchte Arme und Beine zu bewegen. Zumindest war alles noch heil. Alles, außer dass ihre glänzende Idee ein voller Reinfall gewesen war. Genau in diesem Augenblick kam ihr großer Bruder Peter um die Ecke.

„Was ist denn hier los?“, fragte Peter. Er starrte auf den geöffneten Regenschirm. „Sag mal, was hast du denn diesmal ausprobiert?“

Martha erhob sich langsam. Sie sagte kein Wort. Schließlich sah sie auf und grinste ihren Bruder an, der sie erwartungsvoll ansah. „Dieser alte Regenschirm ist kein gescheiter Fallschirm“, murmelte sie. Peters Reaktion kam für sie ganz unerwartet. Er bog sich vor Lachen: „Oh Mensch, so hab ich schon lange nicht gelacht! Hast du wirklich gedacht, er würde funktionieren wie ein Fallschirm?“, fragte er. „Das hätte ich dir gleich sagen können, dass das nicht klappt. Ein Fallschirm ist extra für diesen Zweck gemacht, ein Regenschirm aber nicht. Selbst wenn dein Regenschirm genug Luft gehabt hätte, hätte er sich von unten nach oben gebogen.“ Er gluckste.

Jetzt wurde Martha ärgerlich. Warum lachte Peter sie aus? Sie war sowieso schon enttäuscht genug, auch ohne dass er sie auslachte. Sie rannte durch den Hinterhof und flüchtete sich zu ihrem Geschichtenbuch.

Mutter öffnete die Hintertür. „Martha, was höre ich da für einen Lärm? Ist irgendwas passiert?“ Sie stand auf der Veranda und wartete auf eine Antwort.

Martha schluckte. Irgendwann musste sie es Mutter sowieso erzählen, dann konnte sie es auch gleich machen. Die Worte überstürzten sich fast. „Und dann hat Peter mich ausgelacht!“, schloss sie.

Mutters Augen zwinkerten, aber sie lachte nicht. Sie sagte nur: „Komm rein, Martha, hilf mir das Abendessen zu machen.“

Martha folgte ihrer Mutter langsam in die Küche. „Was will Mama mir sagen?“, fragte sie sich.

„Hier, Martha, schäl diese Kartoffeln zum Abendessen. Hat es dich verletzt, dass Peter dich ausgelacht hat?“

Martha nickte. Sie wollte lieber nichts sagen.

Mama fuhr fort: „Vielleicht hat Peter zu viel gelacht. Aber du hättest ja auch mitlachen können. Martha, überleg doch mal, wie lustig das ausgesehen haben muss! Deine Idee war wirklich zum Lachen. Zumindest solange du dich dabei nicht verletzt hast."

„Aber ich hab schon ganz oft Ideen gehabt, die auch funktioniert haben", murmelte Martha.

„Ich weiß", sagte Mama, „aber diesmal kannst du einfach mit uns allen zusammen darüber lachen. Peter wird es bestimmt Papa erzählen und Papa wird auch darüber schmunzeln. Wir sind nur froh, dass du nicht einen gefährlich hohen Sprung gewagt hast. Und wir wollen nicht, dass du so etwas noch einmal versuchst, aber diesmal war es schon amüsant."

Martha grinste und dann lachte sie laut los. „Das war wohl wirklich dumm von mir. Und es ist schon in Ordnung, dass Peter darüber lacht."

Gehorche dem Rat und nimm die Zurechtweisung an, damit du künftig weise bist!

Sprüche 19,20

Die schwierigste Prüfung

Jesse stapfte langsam durch den lockeren Neuschnee, der über Nacht gefallen war. „Ob ich wohl ein paar frische Hasenspuren finde?“, fragte er sich, während er zu den Fichten ging, die ihre Straße säumten.

„Warum interessierst du dich immer so für Tierspuren?“, rief sein Bruder Matthew ihm über die Schulter zu. „Wir müssen uns zur Schule beeilen!“

Jesse rannte um seinen Bruder einzuholen. „Ich finde Spuren sehr interessant. Aber stimmt, wir sollten jetzt keine Zeit mehr vertrödeln.“

„Ich bin sehr gespannt, was für einen Note ich im Mathetest bekomme“, sagte Jesse, während er mit schnellen Schritten weiter ging. „Hoffentlich hab ich alle 100 Punkte.“

„Warum ist das so wichtig?“, fragte Matthew.

„Du hast gut reden. Du musst auch nicht immer so viel lernen wie ich, um eine gute Note zu bekommen. Ich hab noch niemals alles richtig im Mathetest gehabt. Diesmal hat Opa mir beim Üben geholfen. Das hat Spaß gemacht! Mit Opa macht Mathe Spaß! Er denkt sich immer Aufgaben aus, die wie im echten Leben sind.“

Matthew sah seinen Bruder an. „Stimmt schon, für mich sind gute Noten normal und ich muss nicht so viel dafür lernen. Ich hoffe auch, dass du eine gute Note be-

119 + 23 =

kommst“, sagte er und bedachte Jesse mit einem strahlenden Lächeln.

Die beiden Brüder kamen nun über die Hügelkuppe am Ende der langen Straße. „Da ist unser rotes Schulgebäude!“, rief Jesse. „Meistens gibt Miss Martin uns die Tests erst nach der ersten Pause zurück, oder? Ich weiß nicht, wie ich es bis dahin aushalte.“

„Du wirst es aushalten“, sagte Matthew, „aber sei nicht enttäuscht, wenn deine Hoffnung sich nicht erfüllt.“ Energisch schüttelte er vor der Schultür den Schnee von seinen Schuhen.

„Naja, ich werd mich damit abfinden müssen, was ich kriege“, sagte Jesse.

In dem Moment klingelte die Schulglocke. Alle Kinder eilten zu ihren Tischen und der Unterricht begann. Als Miss Martin die Testblätter austeilte, beugte Jesse sich mit Feuereifer darüber. Er bewegte die Schultern hin und her, als würde er versuchen, sein Gehirn frei zu schütteln. Hoffentlich würde er wirklich 100 Punkte in diesem Test bekommen!

Nach der Pause warteten alle Kinder aufgeregt darauf, dass Miss Martin ihre Tests zurück gab. Jesse hatte sich in seinem Sitz zusammengekauert. Je näher der Zeitpunkt kam, desto unsicherer wurde er. „Warum sollte ich heute alles richtig haben, wenn ich das vorher noch nie geschafft habe?“

Als Miss Martin ihm sein Blatt aushändigte, wurden seine Augen ganz groß. Er konnte seinen Augen nicht trauen. Da, ganz oben auf dem Blatt stand: 100 Punkte! Er kniff sich in dem Arm um sicherzugehen, dass er nicht träumte. Zum ersten Mal in seinem ganzen Leben hatte er 100 Punkte im Mathetest! Sein Herz klopfte ganz aufgeregt. Er konnte kaum erwarten, es seinen Eltern zu erzählen. Wie überrascht würden sie sein! Und was würde Oma sagen? Opa hatte ihm so viel geholfen.

Miss Martin sagte gerade: „Ihr habt alle euer Bestes gegeben bei diesem Test. Das ist gut für euch und ich freue mich darüber. Aber jetzt müssen wir uns wieder auf den Unterricht konzentrieren. Die Zeit verfliegt im Nu und kaum haben wir uns versehen, wird es schon wieder zwei Uhr sein." Heute würde es eine Elternversammlung geben, deshalb endete der Unterricht früher.

Als die Schule aus war, hatte Jesse das Gefühl, dass er vor Freude platzte. Er rannte vor seinem Bruder nach Hause. Als Jesse am Stallhof angelangt war, merkte er erst, dass Matthew versuchte, ihn einzuholen. Er verlangsamte seine Schritte.

„Du hast es geschafft im Test!", rief Matthew.

„Woher weißt du das?", fragte Jesse.

„Du kannst mir nichts vormachen", lachte Matthew. Zusammen stürzten sie in die Küche.

Vater und Mutter machten sich gerade bereit für die Elternversammlung. „Was ist denn Aufregendes passiert?", fragte Vater.

„Ich habe 100 Punkte im Mathetest!", platzte Jesse heraus.

„Das ist aber eine angenehme Überraschung!"

„Wir freuen uns für dich!“, sagte Mutter.

Bald schwirrte es in der Küche vor aufgeregten Stimmen. Jesse fragte: „Sind Opa und Oma zuhause? Ich geh gleich rüber zu ihnen.“ Er begab sich in den Gang, der von ihrem Haus zu dem Haus von Opa und Oma führte.

Jesse klopfte und trat in die kleine Küche. Opa saß in seinem Lehnstuhl und las, während Oma am Herd stand und den Pudding rührte.

Opa schaute auf. „Ach, du bist‘s, Jesse. Wie war es heute in der Schule?“

Jesse wedelte mit seinem Testblatt vor Opas Gesicht. Gutmütig lächelnd griff Opa nach dem Blatt. „Na, ich freue mich, dass du uns deinen Test zeigen willst. Wir freuen uns immer, wenn du das machst.“

„Oma, Jesse hat die volle Punktzahl bei dem Mathetest bekommen!“, rief Opa. Er begann das Blatt aufmerksam zu studieren. Jesse rückte näher zu Opa. Da sah er plötzlich, dass das Zwinkern aus Opas Augen verschwunden war. „Stimmt irgendwas nicht?“, fragte Jesse. Als Opa nicht gleich antwortete, fragte Jesse wieder.

Opa rieb sich die Augen. „Ich sehe, dass deine Lehrerin einen Fehler gemacht hat. Diese Antwort hier ist nicht richtig“, sagte Opa.

„Aber sie hat einen Haken dahinter gesetzt. Das hätte sie nicht gemacht, wenn die Antwort falsch wäre“, protestierte Jesse. „Ich will meine 100 Punkte diesmal unbedingt behalten.“ Seine Stimme wurde leise und er endete fast mit einem Schluchzen.

„Ja, das kann ich gut verstehen. Aber siehst du, wir können alle Fehler machen.“

Opa hielt inne, damit Jesse Zeit zum Denken hatte. Dann fuhr er fort: „Jesse, ich denke du bringst den Test zurück zu deiner Lehrerin und fragst sie wegen dieser Aufgabe. Das wird dir schwer fallen, aber es ist das Richtige. Wir können nur dann wirklich glücklich sein, wenn wir ehrlich sind. Es tut mir leid, dass es so geworden ist.“

Ohne ein weiteres Wort zu sagen, trottete Jesse durch den Gang wieder zurück nach Hause. Den Rest des Nachmittags war er ungewöhnlich ruhig. Beim Abendessen sagte Papa: „Heute wird Jesse mir beim Schweinefüttern helfen.“

Jesse stöhnte innerlich. Vater hatte so ein scharfes Auge. Er wusste, dass irgendetwas nicht in Ordnung war und dass sie miteinander reden mussten.

Als sie im Stall waren, begann Jesse sofort zu erzählen. Er sagte Papa alles. „Denkst du auch, dass ich der Lehrerin den Fehler zeigen soll?“

„Ja“, sagte Vater. „Denk daran: Mit Ehrlichkeit kommt man viel weiter im Leben, als mit einer guten Note im Test. Ehrlichkeit ist das, was zählt! Du wirst Mut brauchen, um zu deiner Lehrerin zu gehen, vor allem weil wir alle wissen, wie sehr du dir die 100 Punkte gewünscht hast. Wir haben es dir auch gewünscht, aber wir wünschen uns noch viel mehr, dass du ehrlich bist.“

Am nächsten Morgen ging Jesse früher zur Schule. Die Lehrerin war ganz überrascht, als sie hörte, was er zu sagen hatte. „Ich werde es überprüfen“, sagte sie.

Jesse wartete. Sein Herz klopfte laut.

„Dein Opa hatte recht. Da ist ein Fehler. Ich muss die Note leider ändern. Es tut mir leid, aber danke, dass du es gesagt hast. Du hast nicht mehr 100 Punkte im Test, aber du hast 100 Punkte in Ehrlichkeit. Das ist viel wichtiger. Du hast jetzt 98 Punkte, das ist immer noch sehr gut." Sie lächelte Jesse an.

Als Jesse zu seinem Tisch ging, war ihm ganz leicht ums Herz. Ehrlichkeit war wirklich das, was zählte. Das war bestimmt der schwierigste Test gewesen. Aber er fühlte sich viel besser, weil er ehrlich gewesen war. Und da er schon so nah an der vollen Punktzahl war, gab es für ihn immer noch die Hoffnung, dass er beim nächsten Mal 100 Punkte in Mathe schaffen würde.

Er hält für die Aufrichtigen Gelingen bereit
und beschirmt, die in Lauterkeit wandeln.

Sprüche 2,7

Tante Mary kommt

Die zehnjährige Susan holte eine Schüssel aus dem Spülbecken und trocknete sie ab. Sie hatte heute Morgen viel zum Nachdenken. Sie erwarteten Tante Mary zum Wochenende zu Besuch. Da würde es viel zu erleben geben!

„Mama, wann kommt Tante Mary endlich? Ich kann‘s kaum erwarten!“

„Sie will mit dem Bus kommen, sie müsste also jeden Moment hier sein“, antwortete Mutter. „Wie gut, dass sie gerade an einem Wochenende kommt, an dem ihr keine Schule habt.“

„Ja“, antwortete Susan. „Tante Mary war schon so lange nicht mehr hier. Zum Glück ist sie nicht verheiratet, deswegen hat sie immer Zeit für uns Kinder und sie kann mehrere Tage bleiben!“

„Das ist für euch Kinder wirklich etwas Gutes“, sagte Mutter.

„Da kommt sie!“, rief Susan und zeigte aus dem Fenster.

Mutter trocknete die Hände an ihrer Schürze ab und eilte zur Tür. „Komm herein, Tante Mary! Wir freuen uns so, dich zu sehen. Susan hat gerade gesagt, wie gut sie es findet, dass wir eine Tante haben, die sich Zeit nimmt, mit ihr und Peter zu spielen.“

Tante Mary stellte ihre Taschen ab. „Es wurde auch Zeit, dass ich mal wieder herkomme. Ich habe mich schon so nach euch allen gesehnt. Ist Peter nicht zuhause?“ Sie sah Susan an.

„Er ist noch im Stall und hilft Vater“, erklärte Susan, die plötzlich ein bisschen schüchtern wurde.

Nachdem Tante Mary ein bisschen mit Mama geredet hatte, fragte sie: „Sollen wir mal eine Runde Sorry spielen?“ Sie sah zuerst Susan und dann Peter, der gerade aus dem Stall gekommen war, an.

„Ja“, sagte Peter und rannte los, um das Spiel zu holen. Er war zwölf Jahre alt.

Als sie alle um den Wohnzimmertisch saßen, schlug Tante Mary vor: „Susan, du darfst anfangen.“

Susan freute sich. Schnell begann sie das Spiel, indem sie eine ihrer Spielfiguren vom Start bewegte.

„Gut!“, rief Tante Mary, „du musst wohl gute Karten haben. Was kann ich jetzt tun?“

Bald war das Spiel in vollem Gange. Alle sprachen und lachten. Alles lief gut, bis Peter eine „Sorry-Karte“ gegen Susan ausspielte und sie wieder zurück zum Start musste, als sie gerade schon fast am Ziel war.

„Das ist unfair!“, rief Susan. „Ich wäre beim nächsten Zug am Ziel gewesen!“ In ihrem Tonfall schwang eine eisige Note mit.

Peter lachte: „Du warst zu schnell am Ziel. Ich musste dich ein bisschen bremsen“, sagte er neckend.

Susan schluckte. Sie schaute auf ihre Karten. Am liebsten wäre sie mit ihrer Spielfigur gleich wieder losgezogen, aber sie konnte nicht. Stillschweigend zog sie mit einer anderen Figur weiter. „Warte nur, bis ich dir auch was Gemeines tun kann."

„Peter war nicht gemein", beschwichtigte Tante Mary. „Wir spielen doch einfach nur ein Spiel, bei dem wir uns gegenseitig herausfordern. Da wollen wir doch keine schlechten Verlierer sein."

Als Peter wieder dran war, spielte er wieder eine „Sorry-Karte" aus und schickte eine von Susans anderen Spielfiguren wieder zurück zum Start. „Tut mir leid, Susan, aber es muss mal wieder sein", kicherte er.

Bald darauf schickte Tante Mary eine von Peters Figuren zum Start. „Da hab ich dir aber die Flügel beschnitten", sagte sie und lehnte sich lachend zurück in ihren Stuhl.

Peter lachte auch und Susan stimmte ein. Das Spiel blieb weiterhin lebendig. Susan versuchte so gut sie konnte, alles mit Humor zu nehmen. Sie wusste, dass es nur ein Spiel war, das einfach Spaß machen sollte und bei dem man einfach spielte, so gut es ging. Aber sie wollte immer noch so gerne gewinnen. Wie konnte sie aber, wenn die anderen sie immer wieder zurückschickten? Sogar Tante Mary hatte sie schon gebremst. Nach einer Weile hatte Susan eine Wut im Bauch, wie schon lange nicht. Sie musste den ganzen Weg über das Spielbrett ohne jegliche Abkürzungen ziehen. Die Aussicht zu verlieren brachte sie innerlich zum Brodeln. Plötzlich stieß sie aus: „Ich geh Mama beim Mittagmachen helfen, ihr könnt alleine weiterspielen." Sie stand auf und rannte in die Küche.

Mutter, die gerade das Brot schnitt, sah verwundert auf. Aber Susan sagte nichts. Sie fing an, die Sahne zu schlagen, die schon dazu in der Ecke bereitgestellt war. Sie kehrte Mama den Rücken zu, damit sie nicht sah, dass ihr die Tränen in den Augen standen. „Warum ist alles so schlimm geworden?“, fragte sie sich.

Nach dem Mittagessen wusch Tante Mary das Geschirr und Susan trocknete ab. Mama war mit Peter in den Holzschuppen gegangen, um die Holzscheite, die heruntergefallen waren, wieder aufzustapeln.

Tante Mary räusperte sich. „Susan, hat es dir sehr viel ausgemacht, dass du beim Sorry-Spiel nicht gewonnen hast?“

Susan wusste nicht, was sie antworten sollte. Tante Mary fuhr fort: „Ich weiß, dass es enttäuschend sein kann, wenn man bei einem Spiel sein Bestes gibt und dann trotzdem verliert. Aber dann ist es wichtig, dass wir trotzdem lachen, unser Bestes geben und uns mit dem Gewinner freuen. Ich dachte, du bist nicht mehr so, dass du ein Spiel aufgibst, wenn es nicht so läuft, wie du es gerne hättest.“ Tante Mary sah Susan direkt an.

„Ich … das ist nicht mehr so … aber heute … heute … ich wollte so gerne gewinnen. Peter war so oft gemein zu mir und außerdem…“ Sie ließ den Satz unvollendet.

„Wenn Peter gemein zu dir war, dann war ich es auch, denn ich habe die gleichen Dinge wie er getan. Es ist nicht gemein, wenn man nach den Spielregeln spielt. Es macht viel mehr Spaß, wenn wir nicht zu sehr auf das Gewinnen fixiert sind. Natürlich wollen wir gewinnen, aber es ist noch wichtiger, all die unerwarteten Dinge zu genießen, die uns dabei begegnen können. Gerade diese unerwarteten Dinge machen ein Spiel interessant."

„Naja, stimmt eigentlich", gab Susan zu. „Tut mir leid, dass ich mich so verhalten habe."

„Das freut mich", sagte Tante Mary. „Beim nächsten Mal denk daran: was zählt ist, dass man alles, was kommt, freudig annimmt. Du wirst merken, dass du diese Fähigkeit im echten Leben oft brauchen wirst, je älter du wirst."

Eine Weile arbeiteten sie schweigend weiter.

„Danke, dass du mir mit dem Geschirr geholfen hast. Heute ist wirklich ein schöner Tag!", rief Tante Mary, während sie den Pfropfen aus dem Spülbecken zog. „Sollen wir noch eine Runde spielen, wenn Peter hereinkommt?"

„Ja", sagte Susan, „dann zeig ich dir, dass ich's diesmal anders mache."

Tante Mary lächelte ermunternd. „Wir genießen das Spiel, egal wer gewinnt."

Ein Unglücklicher hat lauter böse Tage, aber ein fröhliches Herz hat immer ein Festmahl.

Sprüche 15,15

Kindergeschichten mit Botschaft – zum Vorlesen, Selberlesen und Wiedererzählen – aus der Geschichtenkiste

Aus der Geschichtenkiste

Margaret Epp

Der große Friedrich

ISBN
978-3-86203-010-1

Friedrich Allenby wird von seinen Schulfreunden als Feigling ausgelacht. Doch dann passiert etwas …

Ein Waisenjunge wird in der Familie seines Onkels aufgenommen. Doch es ist für ihn nicht so einfach die Freundschaft der Cousine zu gewinnen …

Rudi muss sich über seinen „Schatten“ – den ihm immer folgenden Harry – ärgern. Er ist froh, dass er ihn bald los sein wird. Doch es kommt ganz anders …

Verda hat eine gute Note in der Schule bekommen, doch war sie bei der Arbeit nicht ganz ehrlich gewesen ...

4 Geschichten über Kinder, die in Alltagserlebnissen wichtige Lektionen für ihr Leben und für den Glauben lernen.

Aus der Geschichtenkiste

Sarah Brubacher

Peters Versprechen

ISBN

978-3-936894-66-0

Barbara eilt durch den Wald nach Hause. Heute ist Oma bei ihnen zu Besuch! Da hört sie plötzlich eine Stimme nach ihr rufen …

Die Arbeit bei den Nachbarsjungen macht Peter so richtig Spaß. Und als Belohnung soll jeder einen großen Eisbecher bekommen! Aber – hat Peter seiner Mutter nicht etwas versprochen?

Titus möchte sich gerne einen neuen Basketballhandschuh kaufen. Ob er sich bei den Yoders mit Schneeschippen etwas Geld dazu verdienen kann?

15 Geschichten über Kinder, die in Alltagserlebnissen wichtige Lektionen für ihr Leben und für den Glauben lernen.